Martin Gerhard

Mein Name ist Bender, Hans Bender

Geschichten von einem kleinen Detektiv mit einem großen Vorbild

AF221948

Martin Gerhard

Mein Name ist Bender, Hans Bender

Geschichten von einem kleinen Detektiv mit einem großen Vorbild

Erzählungen

Impressum

Bibliografische Information der Deutschen Nationalbibliothek:
Die Deutsche Nationalbibliothek verzeichnet diese Publikation in der Deutschen
Nationalbibliografie; detaillierte bibliografische Daten sind im Internet über
http://dnb.dnb.de abrufbar.

© 2021 Martin Gerhard

Herstellung und Verlag: BoD – Books on Demand, Norderstedt

Der Umschlag benutzt Word-Piktogramme

ISBN: 978-3-7543-4945-8

Inhalt:

Personen:

Bender, Hans	Chefermittler
Schneider, Lissi	Ermittlerin
von Laugwitz, Irene	= Lissi Schneider
Freytag, Frederik	IT-Spezialist
Melzer, Annika	die Neue im Team
Réne	Lissis Freund
Grabe, Martin	unser Lieblingspolizist
Hasler, August	Bilderfälscher
Oljanow, Antonin	russische Oligarchen
Loiner, Levitoff	Kunstprofessoren

Dazu kommen noch Museumsdirektoren, Angestellte der Museen, Polizisten, Liebhaber kostbarer Bilder und Bilderdiebe, sofern nicht schon zuvor genannt.

I.

Mein Name ist Bender, Hans Bender. Jetzt denken Sie sicher an James Bond, aber ich arbeite nicht für das MI6 und habe keine Lizenz zum Töten. Doch bin ich wie mein Vorbild der Beste in meinem Fach. Ansonsten ist der Unterschied zu Commander James nicht so groß: Ich trinke keinen Martini, sondern Alt, jenes Getränk, das man in der Gegend rund um Düsseldorf als Bier verkauft, und ich arbeite nicht für den Staat, sondern für eine Versicherung, die ‚Brandenburger Allgemeine'. Ja und dann sagen einige, ich sei eitel. Es ist schon schwer, gut zu sein, und – man kann es nicht verbergen.

In meiner Versicherungsgesellschaft leite ich ein kleines Team, das auf die Wiederbeschaffung gestohlener Kunstwerke spezialisiert ist. Wir sind nur drei Personen, aber wir lösen fast jeden Fall. Da darf ich zuerst Lissi Schneider vorstellen, jung, ehrgeizig, sehr intelligent, zuverlässig und wahnsinnig sexy. Manchmal ist es schwer sich in ihrer Nähe auf die beruflichen Aufgaben zu konzentrieren, aber das ist ein anderes Kapitel. Nicht so sexy ist Frederik Freytag. Auch er ist noch jung, und seine Figur ist mit „fett" nur unzureichend beschrieben. Seine Memos unterzeichnet er immer mit FF und ich lese jedes Mal „Fred Fettarsch", aber ich lese es niemals laut. Dafür ist er ein Gott der Recherche. Seinem Computer entgeht nichts. Vor tausend Jahren hätte man ihn sicher heiliggesprochen, weil er schon in diesem Leben an der göttlichen Allwissenheit teilhat. Ohne ihn geht hier einfach nichts.

Unsere Karriere begann bei einem jeden von uns Dreien mit einer Aufnahmeprüfung für den Polizeidienst, aber damit endete auch schon unser staatlicher Auftritt. Lissi bestand die psychologische Prüfung nicht, sie schien zu weich für den Polizeidienst. Sie arbeitet lieber mit Kopf als mit Körperkraft. Inzwischen weiß ich, dass sie ganz und gar nicht weich ist, sie ist nur zu klug für sinnlose Härte. Fred versagte völlig bei der Sportprüfung. Um nämlich bei der Polizei für digitale Aufgaben eingesetzt zu werden, muss man auch schnell laufen können. Wahrscheinlich laufen denen die Computer regelmäßig fort. Und ich selbst fand nach einer anstrengenden Sportprüfung den abschließenden Langstreckenlauf für so unangemessen, dass ich mich gleich selbst nach einer anderen Stelle umsah. Und dann gibt es in dieser Stadt noch einen vierten Menschen, der sich mit mir der Polizeiprüfung unterzog, Martin Grabe. Heute ist er Polizeikommissar und leitet eine Abteilung, die Diebstähle bearbeitet, ein gewissenhafter, tüchtiger Beamter, dem zu seinem Glück nichts fehlt als das Gehalt, das die Versicherung uns zahlt.

Wie meine beiden Kolleginnen (ich benutze stets die weibliche Form der political correctness wegen) ist er viel jünger als ich, und doch haben wir beide gemeinsam für die Aufnahmeprüfung gelernt und wurden am gleichen Tag geprüft, er mit Erfolg. Was war geschehen?

Nach meinem Studium der Kriminalistik und Kunstgeschichte war ich Ermittler der Düsseldorfer Anwaltskanzlei ‚Ziegler, Ewig und Nitsche'. Es war ein schöner Job, viel frische Luft, lustige Arbeitsplätze, interessante Menschen, die ich zu observieren hatte. Doch nach einigen Jahren gerieten meine Aufträge immer mehr an den Rand der Legalität, ohne dass mein Gehalt mit dem nunmehr vergrößerten Risiko mitgewachsen wäre. Fremde Wohnungen waren nicht mehr völlig tabu, wenn wir unbedingt ein Beweisstück brauchten; Fotos wurden auch von solchen Leuten gemacht, die es mir als Objekte meiner Kunst nicht erlaubt hätten. Sie verstehen, was ich sagen will?

Vielleicht wäre alles noch länger so weiter gegangen, doch dann begann ich ein Verhältnis mit Angelika Nitsche, der Frau meines jüngsten Chefs. Nach drei Monaten und reichlich gutem Sex sagte sie mir, sie habe es sich überlegt. Mit uns beiden müsse nun Schluss sein, auf Dauer könne man eine solche Beziehung nicht geheim halten. Und ich, der kleine Ermittler, könne ihr nicht den Luxus bieten, den ihr ihr Mann gäbe. Das war der ultimative Tiefschlag.

Sofort habe ich gekündigt, habe mich bemüht, in den Polizeidienst übernommen zu werden. Aus meiner bisherigen Tätigkeit wusste ich doch, wo man die bösen Jungen würde suchen müssen. In den letzten Jahren hatte ich gelernt, wie die Reichen und Mächtigen in die CDU hinein klüngelten, wie manche Parteiaktionen illegal finanziert wurden, und die Politik beim Thema Geldwäsche nicht so genau hinsah. Und die gleichen Leute machten sich in derselben Zeit auch die SPD angenehm. Die konnte man nicht so direkt unterstützen wie die CDU, aber die Sozen engagierten sich in vielen Vereinen, Sportvereinen, Sozialvereinen, Mietervereinen, wenn man diesen Vereinen spendenmäßig half, dann war man auch vor der SPD sicher. Wie ich heute glaube, hätte mein Wissen damals die Kanzlei ‚Ziegler, Ewig und Nitsche' um ihren guten Ruf und einige Politiker um ihren Job bringen können.

Aber die Polizei war an meinem Wissen weniger interessiert als an meiner sportlichen Tauglichkeit. Ihr Pech.

Mit all dem, was ich wusste, war ich aber im Rheinland nicht mehr sicher. Ich floh nach Berlin, bewarb mich bei der ‚Brandenburger Allgemeinen' und landete auf meinem jetzigen Arbeitsplatz. Es ist, als hätte diese Stelle auf mich gewartet. Es war eine neue Abteilung errichtet worden, und mit mir wurden Lissi und Fred eingestellt. Unser Team war vollzählig.

Natürlich schwärmte ich vom ersten Augenblick an für Lissi, machte ihr den Hof, versuchte auf alle mögliche Art, ihr auch privat näher zu kommen. Beruflich waren wir uns sehr nahe. Aber die Suche nach privater Nähe prallte an ihrem Lachen und ihrem Humor ab:

„Ach, Chef, schön wie du dich um mich kümmerst, aber ich kann schon allein."

Was sie allein konnte, das blieb meiner Fantasie überlassen. Und so kam es, dass ich René erst viel zu spät entdeckte. Der schien sich sehr für Lissi zu interessieren, und war obendrein gut 20 Jahre jünger als ich. Da war nichts mehr zu machen. Mir blieb nur noch die Rolle des stummen Verehrers. So ungefähr muss sich Alter anfühlen.

Nun gehe ich nach Dienstende in meine, zugegeben recht luxuriöse Wohnung, lese in einem der „guten Bücher", die zu lesen ich in jugendlichen Jahren heftig abgelehnt hatte, oder ich besuche ein Theater und beobachte dort jene Menschen, deren große und kleine Kostbarkeiten meine Versicherung betreut. Nachher dann meist in eine Bar, und dann wieder allein nach Hause. Die Zeit der schnellen Eroberungen scheint vorbei zu sein.

Auch der heutige Arbeitstag schien eher langweilig zu werden. Doch dann rief mich ein Anruf aus der Routine, mein Chef wollte mich sofort sprechen. Unsere Versicherung hatte heute die Nachricht erreicht, in einem hiesigen Kunstmuseum sei ein Bild gestohlen worden, Hans Archer, ‚Rheinischer Garten', ein Bild mit schönen Bäumen darauf, im Hintergrund eine Kirche, auf einer Gartenbank ein Mädchen. Vor vielen Jahren war Archer in Mode, auch dieses Bild hatte damals 800 000 € gekostet. Inzwischen waren seine Bilder im Preis gesunken. So außergewöhnlich war seine Maltechnik in der Tat nicht. Und in letzter Zeit kamen Gerüchte auf, nicht einmal alle seine Bilder seien echt. Seine schlichte Maltechnik sollte ohne Mühe zu fälschen sein. Warum hatte man so ein Bild gestohlen, es gab doch bessere? Aber es kam noch mehr. Nur wenige Stunden später erhielt das Museum eine E-Mail, dass man das Bild für 100 000 € wieder zurückgeben wolle, zahlbar nach Aufforderung in drei Tagen. Das Bild war also nicht gestohlen, es war entführt worden. Art-napping nennt man das. Das Museum hatte die Versicherung sofort benachrichtigt, ebenso die Polizei. Und so trafen wir uns kurze Zeit später im Büro des Museumsdirektors, Lissi, Kommissar Grabe und ich. Fred hatte mir inzwischen mitgeteilt, dass die E-Mail nicht zurückzuverfolgen war. Und der Versicherungsdirektor hatte die Parole ausgegeben: Wir zahlen höchstens 10 000 €.

„Wenn es eine Fälschung ist, dann ist es selbst die nicht wert."

Als ich das dem Museumshäuptling sagte, verfärbte sich sein Gesicht. Aber ein Glas Wasser und meine Zusicherung, dass hier die Besten der Zunft auf die Suche nach seinem Bild gehen würden, normalisierte seinen Atem wieder, soweit das in Lissis Anwesenheit überhaupt ging.

Wir begannen sofort unsere Arbeit. Zuerst galt es zu klären, wie man überhaupt ein Bild aus diesem Museum würde herausschaffen können. Überall Wachleute, und es soll noch zusätzlich eine elektronische Absicherung geben.

„Leute, zuerst müssen wir jetzt selbst ein Bild stehlen, damit wir sehen, wie wir hier etwas aus dem Museum herausbringen können."

Wir suchten nicht lange, dann fand ich ein kleines Bild eines rheinischen Expressionisten. Es war sicherlich sehr wertvoll, aber nun musste ich es stehlen. Ich trug meinen weiten Mantel, stand vor dem Bild und begann qualvoll zu stöhnen. Dabei stierte ich wie in

Panik auf einen Punkt jenseits des Eingangs zu diesem Raum. Und wie erwartet ging der Wächter zu diesem Eingang und suchte, was mich so sehr aufregen könnte. Im Nachbarraum stand Lissi und zog sich einen Strumpf zurecht. So schnell würde der Wachmann nicht zurückschauen. Die Zeit reichte, um das kleine Bild unter meinem weiten Mantel zu verbergen und an dem Wärter vorbei den Raum zu verlassen. Ich brauchte genau 26 Schritte, bis eine Alarmsirene alle im Museum darüber informierte, dass etwas ganz Unerhörtes geschehen sein musste. Aber 26 Schritte reichten, mich außer Sehweite zu bringen, ehe ich das Bild in einer Toilette in eine Plastiktüte verpackte. Danach ging ich in aller Ruhe zum Museumsausgang. Jetzt erwartete ich die nächste Sicherung. Und sie kam. Kaum befand ich mich neben einem kleinen Sims, als darin eine weitere Sirene losheulte und ein Wachmann, groß wie ein Baum und sicher in einem früheren Leben Jahrmarktsboxer mich höflich, aber bestimmt bat, ihn in ein anliegendes Zimmer zu begleiten. Und weil er mindestens 20 cm größer war als ich, beschloss ich, dem erst einmal Folge zu leisten.

Der Raum entpuppte sich als Schriftenmagazin, und neben der Tür stand ein großer Abfallkorb. Ich stöhnte auf, lenkte den Blick des Wärters in die andere Richtung, und schon war die Plastiktüte samt Bild in diesem Abfallkorb. Dann musste ich meinen Mantel ausziehen. Der wurde gründlich untersucht. Anschließend kam ich an die Reihe. Sehr höflich, aber unmissverständlich tastete der Riese meinen Körper ab, vergeblich, nirgendwo ein Bild.

„Das verstehe ich nicht. Die Sirene meldet einen Vorfall, unser Detektor sagt, hier werde etwas aus dem Museum getragen, und dann finde ich rein gar nichts. Sie müssen schon entschuldigen. Es sprach alles gegen Sie. Natürlich können sie wieder gehen."

Ich murmelte etwas wie „Schikane" und „beschweren", dann war ich draußen. Nach Dienstschluss wurden die Abfallkörbe in große Container geleert. Die Plastiktüte wanderte in den gelben Container. Lissi musste sie nur noch dort herausfischen. Dann brachten wir Tüte mit Bild sofort der Museumsleitung. „So, jetzt wissen wir, wie man etwas aus Ihrem Museum stehlen kann." Der Mann hätte uns küssen mögen. So war ihm gerade noch einmal erspart geblieben, einen zweiten Diebstahl der Versicherung melden zu müssen.

„Nun möchten wir gerne die Aufnahmen sehen, die die Kamera an der Rückseite des Hauses am Tag des Diebstahls aufgenommen hat."

Wir bekamen die Aufnahmen, sahen sie an. Am Tag des Diebstahls beobachteten wir, wie eine Person in Parka und Kapuze etwas aus dem Abfallcontainer entnahm. Das konnte das gestohlene Bild sein. Aber wer weiß. Weder das Bild noch das Gesicht des Menschen waren zu sehen. Es war nicht einmal sicher, ob es ein Mann oder eine Frau war. Wir waren uns nun sicher, wie man das Bild herausgeschafft hatte. Aber wer hatte es gestohlen? Hatte er oder sie Helfer? Und wo war das Bild jetzt? Schnell waren wir uns einig: Wir mussten die Diebe mit unserem geringen Wissen aus der

Deckung locken. Mit Zustimmung der Polizei gaben wir den Diebstahl an die Presse weiter, und die Bevölkerung unserer Stadt konnte schon am nächsten Tag in ihrer geliebten BZ lesen, dass aus dem Museum ein Bild gestohlen wurde, „Rheinischer Garten" von Hans Archer, dass eine hohe Geldforderung an die Museumsleitung ergangen sei, dass diese aber so viel nicht zahlen wolle, da inzwischen unklar sei, ob das Bild überhaupt von Archer gemalt worden war oder nur eine der Archer-Fälschungen sei, die in letzter Zeit aufgetaucht seien. Auf jeden Fall brauche man mehr Zeit zu der Entscheidung, etwa eine Woche. Vorher könne man auf keinen Fall tätig werden und also auch nicht zahlen. Ein Exemplar der Pressenotiz hing auch an der Stelle, die vorher der Archer geziert hatte. Denn, so dachten wir, wahrscheinlich hatte jemand aus dem Museum bei dem Diebstahl geholfen, und so könnte die Nachricht am schnellsten bei dem Dieb ankommen. Es gelang. Schon am Nachmittag erhielt das Museum eine neue E-Mail, wieder nicht zurückzuverfolgen, mit der Nachricht, man gewähre uns 4 Tage, aber wir sollten uns beeilen, ein Tag sei schon vergangen.

Schon an unserem ersten Tag waren wir nicht untätig geblieben. Mann für Mann und Frau für Frau hatten wir alle Angestellten des Museums verhört.

Als der Riese vom Eingang mir gegenübersaß, wusste er vor Verlegenheit gar nicht, wohin er sehen sollte.

„Ach so, Sie sind gar kein Besucher, sondern ein Museumsdetektiv."

„Richtig. Und Sie haben sich ganz korrekt verhalten. Sie müssen sich keine Vorwürfe machen, es sei denn, Sie haben selbst mit dem Diebstahl zu tun."

„Um Gottes Willen, nein."

„Hoffen wir es. Und doch ist es uns gelungen, auch noch ein anderes Bild aus dem Museum fortzubringen. Ihre Anlage hat tatsächlich funktioniert. Aber Sie müssen noch lernen, mit einer solchen Information umzugehen. Doch ich glaube, das spricht für Sie. Hätten Sie das Bild bei mir gefunden, dann hätte ich Sie sehr im Verdacht gehabt, bei dem Diebstahl geholfen zu haben. Denn dann hätten Sie ja gewusst, wie man ein Bild herausschaffen kann."

„Da hab ich ja noch mal Glück gehabt."

„Lieber Mann, nennen Sie es nicht Glück, wenn Ihre Unkenntnis Sie von dem Verdacht bewahrt hat. Doch jetzt zu Ihnen. Erzählen Sie mir doch bitte etwas über Ihre finanzielle Situation."

Und er erzählte. Sein Glück, keine Vorwürfe zu bekommen, ließ ihn sprudeln wie ein Eifelgeysir. Zwar würden wir alles nachprüfen, aber ich war mir jetzt schon sicher, dass er mich nicht belog. Dieser Mann war zu schlicht für einen Diebstahl.

Inzwischen verhörte Lissi die Dame, die am Tag des Diebstahls an der Kasse ihren Dienst getan hatte, eine unscheinbare Frau um die fünfzig.

„Frau Meier, nun erzählen Sie mir einmal, wie der Nachmittag so abgelaufen ist."

„Wieso Nachmittag? Wissen Sie denn schon, wann das Bild gestohlen wurde?"

„Was wir schon wissen, möchte ich jetzt nicht berichten. Erzählen Sie bitte einfach."

„Und wozu, ich saß doch an der Kasse, wie kann ich da etwas mit dem Diebstahl zu tun haben?"

„Auch das werden wir entscheiden, wenn wir Sie alle angehört haben. Sie waren also den ganzen Nachmittag ohne Pause an der Kasse?"

„Ja. Also, fast immer. Man muss ja auch schon mal zur Toilette."

„Aber eine längere Pause, als man zum Pippi-Machen braucht, haben Sie nie gemacht. Da kann ich auch Ihre Kollegen fragen?"

„Nun, so gegen zwei war ich einmal für eine Weile weg, ich war bei unserem Leiter, wir hatten etwas zu besprechen." Als sie das sagte flog eine fast unmerkbare Röte über ihr Gesicht, Lissi bemerkte es.

„Pardon, wenn ich so offen bin. Sie beide hatten nicht nur etwas zu besprechen." Lissi ließ das Wort „sprechen" regelrecht über ihre

Zunge gleiten, dazu der entsprechende Augenaufschlag, das reichte.

„Aber erzählen sie es niemandem weiter. Erich und ich sind seit einiger Zeit, wie soll ich sagen, uns etwas nähergekommen. Aber das darf niemand wissen, besonders nicht Erichs Frau."

Der Museumsleiter hieß also Erich. Für seinen Namen konnte er allerdings nichts, für sein Verhalten schon.

„Und so als Nachtisch, wenn hier noch nichts los ist, ist doch so ein kleiner Fick ganz schön."

So boshaft konnte nur Lissi sein. Sie roch regelrecht die schwachen Stellen ihres Gegenübers und dann stieß ihr scharfer Verstand da hinein wie der Bohrer eines Zahnarztes. Die Frau war erledigt. Allerdings hatte sie möglicherweise ein Motiv, und nicht nur sie, auch ihr Chef. So hoch war hier kein Gehalt, dass nicht einige Tausend Euro zu einer Versuchung hätten werden können. Lissi notierte sich, dass wir die Kassendame Meier noch einmal genau durchleuchten sollten.

Inzwischen verhörte ich den Aufseher des Raumes, in dem das Bild gehangen hatte. Er hieß Peter Worms. Ein kleiner unscheinbarer Mann, Mitte vierzig, und es hätte mich nicht gewundert, wenn er Wurm geheißen hätte. Ein Mann, dessen Lebensträume in einem Museumsraum gestrandet waren. Nun gehe ich bei einem Verhör niemals direkt auf die Frage los, die mich interessiert. Verdächtige sind doch darauf vorbereitet, aber nicht immer auf eine nette Plauderei so von Mensch zu Mensch, die sich nur ganz allmählich der eigentlichen Frage nähert. So auch hier.

„Na, wie geht es uns denn, Herr Worms?" Bei einem klugen Menschen hätte ich mich gescheut, so platt zu beginnen, aber ich hatte mich nicht getäuscht.

„Gut, Herr ... ?"

„Ach, ich vergaß, mich vorzustellen. Mein Name ist Bender, Hans Bender. Und ich möchte Sie nun zu dem gestrigen Tag befragen, an dem ja das Bild gestohlen wurde. Aber wir sind doch nicht nur im Dienst. Es freut mich, dass es ihnen gut geht. Von anderen höre ich doch die eine oder andere Klage."

„Welche Klagen denn?"

„Nun, die meisten klagen, dass die Bezahlung hier nicht gerade üppig ist."

„Recht haben sie. Aber warum soll ich darüber klagen, ich kann es doch nicht ändern."

„Vielleicht, weil Sie allein in der Welt sind. Da braucht man nicht so viel. Aber wenn es da noch andere gibt, die mit einem leben, dann braucht man doch hier und da eine Kleinigkeit, dann will man vielleicht schön essen gehen, in Urlaub fahren. Aber Sie sind, wie ich erfahren habe, ja alleinstehend."

Ich hatte die kleinen Anzeichen bemerkt, die über sein Gesicht zogen, als ich so redete. Dennoch überraschte mich nun seine Offenheit.

„Na ja, so ganz allein bin ich nicht mehr. Vor zwei Monaten hab ich eine Frau kennen gelernt. Die ist schon was. Da könnte ich ein paar Euro mehr gut gebrauchen."

„Junge Liebe, o wie schön."

„Das sagen Sie gut, und das in meinem Alter. Der Allerschönste bin ich nun nicht." Innerlich konnte ich ihm nur Recht geben. „Aber Maja, so heißt sie, sagt, ich wäre ihr viel lieber als so ein grüner Bengel."

„Wenn ich Sie so höre, dann muss ihre Maja auch eine schöne Frau sein."

„Und ob. Warten Sie mal, da hab ich doch ein Bild von ihr." Und Herr Worms nestelte aus seiner Jacke ein Foto, das zeigte in der Tat eine schöne Frau.

„Darf ich es mir genau ansehen, wissen Sie, ich bin etwas kurzsichtig?"

Er gab mir das Bild, und ich sah es genau an. Es war sogar eine sehr schöne Frau, mediterraner Typ, mit einem Lachen, das Männer träumen lässt. Aber das war Nebensache. Was mir auffiel, diese Frau spielte in einer anderen Preisklasse als Herr Worms. Ihre Armbanduhr, die Handtasche, der Schmuck, alles doch etwas teurer, als es zu dem kleinen Salär eines Museumsangestellten passte. Hier galt es aufzupassen.

„Ja, wenn so eine Frau auf einen wartet, dann kann man ins Träumen geraten und ist vielleicht nicht immer ganz aufmerksam."

„Was meinen Sie damit?" Seine Stimme klang nun ängstlich.

„Nun ja, wenn Sie einen ganz kleinen Augenblick unachtsam waren, dann könnte wohl jemand das bemerkt und dann das Bild gestohlen haben."

„Ja, das könnte so sein." Ein wenig schnell stimmte er mir zu, gerade so, als freue er sich über die Ausrede mit seiner kleinen Unaufmerksamkeit.

„Na ja, Sie haben sicherlich das Bild nicht gestohlen. Bei so einer Frau möchte man nicht im Knast sitzen, da wird man draußen gebraucht." Ich knuffte ihn an die Schulter. Er fühlte sich verstanden, und ich hatte meine Information. Diesen Mann musste Fred unbedingt durchleuchten.

„Herr Worms, Sie haben mich neugierig gemacht. Wie soll es dann so weiter gehen, mit ihr?"

„Ich habe ein bisschen gespart. Damit werden wir demnächst eine Schiffsreise machen, Maja und ich. Da freu ich mich schon drauf."

„Schiffsreise ist gut. Da ist man den ganzen Tag beieinander. Ich beneide Sie."

Dieses Verhör war beendet. Inzwischen hatte Lissi mir einen Tipp gegeben über das Verhältnis des Museumsleiters zu seiner Kassiererin. Da sollte ich noch einmal nachhaken. Also hinauf ins Chefbüro zu Herrn von Lore.

„Na, Herr Bender, schon Erfolg gehabt?" Eben noch wie am Boden zerstört war er jetzt wieder die gute Laune selbst, ein echtes Stehaufmännchen.

„Nein, noch keinen richtigen Erfolg. Doch ich müsste auch einmal mit Ihnen sprechen, Herr Direktor."

„Wie, meinen Sie jetzt, ich hätte mein eigenes Museum bestohlen?"

„Bevor wir nicht wissen, wer es war, wird niemand ausgeschlossen. Keine Extrawurst für keinen." Bei diesem Typen half Dreistigkeit. „Und unter uns, so ein kleiner Nebenverdienst wäre doch nicht schlecht bei Ihren Ausgaben, so mit, also wenn ich das so direkt sagen darf, mit zwei Frauen."

„Aber was fällt Ihnen ein!" Wunderschön, diese Entrüstung. Die hatte er wohl schon eingeübt, falls sein Doppelspiel doch einmal auffallen sollte.

„Na ja, Sie sind verheiratet, aber Frau Meier ist doch auch eine attraktive Frau." Ich konnte lügen.

„W – w – wer hat Ihnen von Frau Meier erzählt?"

„Herr von Lore, Sie haben vergessen, dass wir Detektive sind. Wir sehen alles. Und so von Mann zu Mann, wir verzeihen auch alles. Machen Sie sich deshalb keine Gedanken. Doch ein klitzekleines Motiv könnte das schon sein, und deshalb sollten Sie mir erzählen, wie Ihr Nachmittag gestern verlaufen ist, sagen wir nach der kleinen Extrapause so gegen zwei."

Er wurde tatsächlich rot. Nie hätte er daran gedacht, dass ein Fremder so viel über ihn wissen konnte. Und nun begann er, mir seinen ganzen Nachmittag herunterzubeten. Da war nichts Spannendes drin. Aber er musste befragt werden, man konnte nie wissen.

Das Ergebnis der Befragung von Peter Worms hatte ich an Fred weitergegeben, und der hatte seine Rechner surren lassen. Ich wollte gar nicht wissen, wie er das anstellte. Legal konnten seine Methoden nicht alle sein, dafür waren sie zu gut.

Irgendwie hatte er in die Bücher der Sparkasse schauen können. Da hatte Herr Worms sein Gehaltskonto, aber er hatte noch ein weiteres Konto, und auf diesem Konto waren vorgestern 2000 € und heute 3000 € eingezahlt worden. Wo hatte er von vorgestern auf heute auf einmal 5000 € her? Der Mann begann mich zu interessieren.

Er hatte mir etwas von einer Schiffsreise erzählt. Fred fand heraus, dass er eine solche gebucht hatte, zusammen mit einer Maja Ostrowski. Das hatte auch über 4000 € gekostet. Aber das war noch nicht alles. Fred entdeckte auch, dass die schöne Maja erst seit drei

Monaten in ihrer jetzigen Wohnung lebte, und – für ein Trinkgeld erzählen auch Umzugshelfer – vorher bei einem Herrn Eberhard Ostrowski gewohnt hatte. Und das war nicht ihr Vater, sondern ihr Ehemann. Doch der Herr hatte noch eine Eigenschaft, die mich aufmerken ließ: Er besaß eine Kunstgalerie. Bingo. Der Fall schien so gut wie gelöst. Leider hatten wir das Bild noch nicht und konnten weder der schönen Maja noch dem kunstbeflissenen Eberhard auch nur das Geringste nachweisen. Nun musste das kommen, was unseren Beruf bisweilen öde machte, klassische Ermittlungsarbeit, es sei denn, mir fiel etwas Besseres ein. Aber ich möchte nicht eitel wirken. Also erzähle ich einfach weiter.

Wir ahnten nun, mit wem wir es zu tun hätten, aber unser einziger konkreter Anhaltspunkt war die Forderung von 100 000 €, die der Entführer des Bildes per E-Mail an das Museum gesandt hatte. Wenn wir einverstanden seien, sollten wir das durch eine verschlüsselte Anzeige in der BZ mitteilen, dann würden wir weitere Anweisungen erhalten. Ein Tag war schon vergangen, wir hatten nur noch 3 Tage Zeit, um das Bild zu retten und unsere Versicherung vor einer absurd hohen Zahlung zu bewahren.

Als Nächstes erzählte ich dem Kommissar Grabe einige Details aus dem Verhör von Herrn Worms. Aus allem wurde uns klar, dass er nicht das geistige Format hat, so eine Bilderentführung durchzuziehen. Von Herrn Ostrowski erzählte ich noch nicht, ein wenig werde ich noch für die Schlussszene brauchen. Wir beschlossen, Worms aufs Polizeirevier zu einem Verhör zu laden. Grabe war so nett, mich das Verhör führen zu lassen, während er nur ruhig zuhörte und dabei eine Mine machte, als wisse er alles schon und das ganze Verhör sei ihm entsetzlich langweilig. Das war optimal, so mochte ich es. Deshalb fragte ich Herrn Worms auch gar nicht viel, nur so gelegentlich kleine Details, sondern erzählte meinerseits von dem Bild:

„Herr Worms, hätten Sie das gedacht. Aber das Bild, das Sie, also das gestohlen wurde, das ist sicher keine 100 000 € wert. Denn unter uns: Es ist eine Fälschung. Wir haben das schon länger vermutet, und jetzt geht es darum, wie man diese Fälschung loswird, ohne das Museum zu blamieren."

Herrn Worms blieb der Mund offen.

„Also, wenn wir es für 10 000 € bekommen könnten, dann könnten wir die Sache unter den Teppich kehren. Aber mehr als 10 000 für eine Fälschung, sagen Sie selbst, das bezahlt doch nur ein Vollpfosten. Und wenn Ihr Auftraggeber das Bild nicht für 10 000 herausgibt, dann soll er es ruhig zerstören. Es wird zwar etwas Mühe machen, zu beweisen, dass es gefälscht war, aber wir schaffen das, genauso, wie Sie das Bild ja über den Abfall herausgeschleust haben, nicht wahr?"

„Sie wissen ...?"

„Natürlich. Ich bin Detektiv, und der Kommissar ist Polizist. Wir wissen alles. Wir wissen auch, dass Ihre Maja Ostrowski heißt, oder hatten Sie mir das gesagt? Nein. Doch jetzt sollten Sie uns sagen, wer Sie mit dem Diebstahl beauftragt hat. Wir wissen auch das schon, doch wenn Sie es uns sagen, dann haben wir einen Zeugen, Sie verstehen?"

„Aber ich weiß doch nicht, wer es ist. Er hat mich angerufen, und dann hat er mir eine erste Zahlung bringen lassen. Maja gab sie mir und sagte, ein Mann habe sie vor dem Museum gesehen, wie sie hereingehen wollte, und dann habe er ihr den Umschlag gegeben. „Geben Sie das bitte dem Wärter in Raum 8!" habe er gesagt. Den Umschlag gab sie mir dann, und er enthielt 2000 €. Später gab sie mir einen zweiten Umschlag mit 8000 €. Ich fragte sie, von wem sie den habe, aber sie kannte den Mann nicht. Es sei nur beide Male derselbe Mann gewesen."

Wie konnte ein Mensch nur so naiv sein. Dieser Worms war entweder ganz ausgebufft oder aber für eine solche Unternehmung entschieden zu dumm. Da saß er vor uns und sackte immer mehr in sich zusammen. Jetzt war er reif, unsere Botschaft weiterzuleiten.

"Also hören Sie. 10 000 € sind drin. Das ergibt für uns die beste Lösung, um uns aus der Affäre zu ziehen. Aber keinen Cent mehr. Und für die 10 000 hätten wir dann gerne das Bild, äh, die Fälschung wieder. Darüber sollten Sie jetzt gut nachdenken. Und kein Wort zu irgendeinem. Was wir hier machen, ist nicht ganz legal, und wir möchten keine Schwierigkeiten bekommen."

Herr Worms war entlassen. Ob er die Erde geküsst hat, als er aus dem Polizeirevier herausgekommen ist. Zuzutrauen wäre es ihm.

War ihm klar, dass mit unserem Deal sein Auftraggeber keinen Profit mehr erzielen würde? Ob der dann noch dem armen Worms seine 10 000 € lassen würde? Man wird es sehen. Wir rechneten jedenfalls fest damit, dass Worms es seiner Flamme erzählt, und wie sollte die anders handeln, als es ihrem Mann zu berichten, dem Eberhard. Diesen Teil der Geschichte kannte Grabe noch nicht, doch er ließ mich gewähren. Wir waren uns einig, dass etwas geschehen müsste, damit wir weiterkämen.

Am nächsten Tag formulierten wir unsere Anzeige. Wir seien bereit 10 000 € zu zahlen, um das entführte Bild wieder zu bekommen. Es stand in einer Anzeige über den Verkauf eines Wochenendhauses durch Herrn Obereigner. Eine weitere E-Mail hatte uns die Schlüsselworte dazu geliefert. Doch dann schrieben wir einen Satz hinein, den wir nicht verschlüsseln konnten:

‚Wenn wir das Geld für Ihr schönes Wochenendhaus bezahlen wollen, wäre es dann nicht geraten, es gleich in Ihre Galerie zu bringen?‘ Eberhard würde die Anzeige lesen, und die Erwähnung der Galerie muss ihn vermuten lassen, dass wir von ihm wissen. Bisher war keine Polizei bei ihm gewesen, keine Hausdurchsuchung hatte stattgefunden. Offenbar waren wir auf sein Spiel eingegangen, und hatten doch die Spielregeln etwas verändert. Jetzt kam alles darauf an, wie er auf diese Änderung reagieren würde.

Als am nächsten Tag die Zeitung ausgeliefert wurde, saß Lissi schon in ihrem Wagen und beobachtete das Haus der Ostrowskis. Ich wartete in der Nordstadt vor der neuen Wohnung der schönen Maja auf ihre Nachricht. Maja war offenbar nicht hier. Dann kam Lissis Anruf, und schon wenige Minuten später fuhr der Herr Galerist in einem 5er BMW vor, ging ins Haus und erschien nach 16 Minuten wieder, stieg in seinen Wagen und fuhr fort. Offenbar hatte er das Bild besser versteckt, und diese Arbeit hatte 16 Minuten gedauert, Wege eingerechnet. Nun würde es auch eine polizeiliche Hausdurchsuchung nicht mehr finden. Ich erinnerte mich, dass das Bild durch einen Mülleimer aus dem Museum herausgebracht worden ist. Hier sah ich keinen Müllcontainer. Wie in vielen Neubauten stand der wahrscheinlich in einer Tiefgarage unter dem Haus, und die Bewohner konnten in jeder Etage ihre Müllbeutel durch einen Schacht hineinwerfen.

Es kostete mich keine Mühe, in das Haus hineinzugelangen. Die Wohnung lag im zweiten Stockwerk, und wie erwartet gab es diese Müllschächte. Ich untersuchte sie Etage für Etage, aber erst im 5. Stock wurde ich fündig. Oberhalb der Einwurfklappe war eine Tüte mit Panzerband in dem Schacht befestigt worden. Das Haus hatte 5 Etagen, es konnte somit nichts von oben auf die Tüte fallen und sie losreißen. Ich löste sie von der Wand und zog sie aus dem Schacht. Wie erwartet enthielt sie das Bild, Archers ‚Rheinischer Garten'. Was ich auch sah, dieses war keine Fälschung, das war das Original und sicher mehr als 10 000 € wert. Wenig später trafen wir drei uns in unserem Büro.

„Jetzt müssen wir nur noch dem schlauen Eberhard den Diebstahl nachweisen."

„Und wir müssen den Peter Worms schützen. Wenn Ostrowski sich geprellt sieht, wird er sicher von Worms das Geld zurückverlangen. Und der kann kaum zur Polizei gehen und sagen, man habe ihm den Lohn für seinen Diebstahl wieder weggenommen." Lissi hatte ein zu gutes Herz. Aber auch mir war klar, dass wir den dummen Peter würden beschützen müssen. Vielleicht könnte es gelingen, beides mit einer einzigen Aktion zu erreichen, dazu müsste nur Peter Worms mitspielen. Ich sollte ihn schon noch überreden können. Das Jagdfieber hatte mich gepackt.

Als nächstes brachte ich das Bild zu meinem Freund Anton Schmitz. Der hat das beste Kopiergerät in der ganzen Stadt. Seine Kopien sind kaum noch vom Original zu unterscheiden. Es geht das Gerücht, früher habe er mit diesem Gerät Falschgeld gedruckt. Anton schweigt darüber. Aber seit ich ihn kenne, markiert er alle Kopien links unten mit einem „AF", ‚Anton fecit', wie es die Drucker des Mittelalters gemacht hatten. Nun fertigte Anton für mich eine Kopie des Archers an. Sie war über die Maßen dem Original ähnlich.

„Wunderbar, Anton. Deine Maschine ist das Größte."

„Ich weiß."

„Doch nun brauche ich gelbe und orange Farbe und einen feinen Pinsel."

„Willst du noch mehr in dem Bild verändern?"

„Und ob ich das will. Es soll ohne Mühe als Fälschung zu erkennen sein."

Anton brachte das Verlangte und ich malte in den ‚Rheinischen Garten', genau in den Apfelbaum neben einen Apfel, den schon der Künstler hineingesetzt hatte, einen zweiten Apfel, dazu einige gelbe Bögen, so dass man nun im Baum ein Smilie sehen konnte. Das sollte genügen. Das Original verpackte ich gut und legte es in mein Auto. Die Kopie aber steckte ich in die Tüte des Bildes, fuhr zurück zur Wohnung der Maja. Im 5. Stockwerk klebte ich die Tüte wieder mit Panzerband an die Innenwand des Abfallschachts. Dort sollte Ostrowski sie wiederfinden.

Mein Team hatte währenddessen Kommissar Grabe davon unterrichtet, dass wir den Galeristen Ostrowski für den eigentlichen Kunstdieb hielten. Die Beweise seien noch zu schwach, aber man könne ihn doch einmal verhören. Vielleicht ergebe sich etwas daraus. So fuhr Kommissar Grabe in die Galerie Ostrowski, wo er auf einen erbosten Galeristen traf, der jeden Vorwurf von sich wies.

„Wie in aller Welt kommen Sie nur auf diese seltsame Idee, ich könne etwas mit dem Bilderdiebstahl im Museum zu tun haben?"

„Nun, es wurde uns aus einer Quelle zugetragen, Sie könnten dahinterstehen."

„Welche Quelle?"

„Die kann ich Ihnen nicht nennen, aber uns erschien sie glaubwürdig. Und es gibt in dieser Stadt nicht viele, die die Kenntnisse haben, einen solche Coup durchzuführen."

„Ich soll mich wohl durch Ihren Verdacht geschmeichelt fühlen? Das tu ich aber nicht. Ich finde es im höchsten Maße empörend, was Sie mir mit diesem Verdacht antun. Jetzt kommen Sie hier in meinen Laden. Glauben Sie, das hebt mein Ansehen bei den Kunden."

„Wir müssen halt jedem Hinweis nachgehen."

Grave klang entschuldigend, und Ostrowski fühlte, wie er die Oberhand gewann. Nun wollte er seinen Triumph vollständig auskosten.

„Und ich verlange von Ihnen, dass Sie meinen Laden und meine Wohnung durchsuchen. Meinetwegen auch die Wohnung meiner Frau. Aus persönlichen Gründen haben wir seit einiger Zeit getrennte Wohnungen. Sie werden nichts finden, rein gar nichts. Aber ich werde jede Ihrer Maßnahmen dokumentieren und an die Presse weiterleiten. Das ist doch Polizeiterror."

Grabe rief im Revier an und bestellte einige Polizisten zur Hilfe. Mit denen wurde die Galerie durchsucht, dann Ostrowskis Wohnung, und schließlich sogar Majas neue Wohnung. Und natürlich fanden sie nichts. Davon war ich bei meinem Plan ausgegangen. Nun kam der zweite Akt, in dem Worms mitspielen sollte. Herr Grabe ließ ihn wieder ins Revier bringen, und nun schon zum zweiten Mal saßen wir beide ihm gegenüber.

„Herr Worms. Sie kennen also den Mann nicht, der Ihnen die 10 000 € geschickt hat?"

„Das habe ich Ihnen doch schon gesagt. Nur Maja hat ihn gesehen. Ich habe sie gefragt, aber sie kann sich nicht mehr erinnern, wie er ausgesehen hat, es sei eben ein ganz normaler Mann gewesen."

„Mit Ihrer Freundin werden wir später noch reden. Was haben Sie dann mit den 10 000 € getan?"

„Hab ich Ihnen das noch nicht erzählt? 5000 habe ich auf mein Konto eingezahlt, und für die anderen 5000 habe ich eine Schiffs-reise gebucht, für Maja und für mich. Die hat sie sich so sehr gewünscht."

„Wir glauben", Kommissar Grabe, „dass man Sie fürchterlich her-eingelegt hat. Inzwischen wissen wir, dass das gestohlene Gemälde nur eine Kopie ist. Wir kennen sogar den Fälscher, der es vor eini-ger Zeit gemalt hat. Nein, er kann dafür nicht belangt werden, denn er hat es so verändert, dass ein Fachmann die Fälschung erkennen muss. Er hat nämlich einen Smilie in den Apfelbaum gemalt. Auch Ihr Auftraggeber muss über kurz oder lang die Fälschung erkennen. Und dann heißt es Ade zu dem Lösegeld. Aber dann möchte ich nicht in Ihrer Haut stecken."

„Was hab ich denn mit der Fälschung zu tun?"

„Mit der Fälschung nichts. Aber mit dem Mann, von dem wir vermuten, er habe den Diebstahl geplant, haben Sie zu tun. Sie haben sein Geld genommen und er hat nun keine Ware dafür bekommen, nur wertloses Papier. Und wie wir diesen Mann einschätzen, wird er die 10 000 € wieder von ihnen zurück fordern, wenn nötig mit Gewalt."

„Aber die hab ich doch nicht mehr."

„Genau das ist Ihr Problem. Er wird sich sagen, der Worms kann nicht zur Polizei gehen, denn dann müsste er sich selbst beschuldigen. Also wird er völlig wehrlos sein. Dem knüpfe ich die 10 000 wieder ab, ob er will oder nicht."

„Sie meinen, ich bin in Gefahr?"

„Richtig, lieber Herr Worms. Solange Ihr Auftraggeber noch frei herumläuft, sind sie in Gefahr. Sie haben das Geld nicht. Wie schnell kann Ihnen da ein Verkehrsunfall passieren. Sie lesen doch in der Zeitung davon, tödlicher Unfall mit Fahrerflucht. Meinen Sie, nur die Russen könnten das?"

„Aber was soll ich denn machen?" Nun zeigte Herr Worms alle Anzeichen einer heraufziehenden Panik.

Grabe: „Wir können Sie nicht dauernd bewachen." Das war mein Stichwort.

„Doch, wir können Sie überwachen. Wir sind nicht Ihre Kindermädchen. Aber es geht anders. Sie erhalten einen Sender und ein Mikrofon, und sobald wir etwas hören, was auf eine Gefahr hindeutet, sind wir bei Ihnen. Er muss aber zuerst mit Ihnen verhandeln, ob Sie das Geld haben oder ob Sie das Original doch noch besorgen können. Daran erkennen wir, dass der Unbekannte in Ihrer Nähe ist. Doch noch eines: Wenn Ihnen Ihr Leben lieb ist, sagen Sie niemandem, auch nicht Ihrer Freundin, dass Sie einen Sender tragen. Die Wände im Museum haben Ohren." Er versprach es.

Worms atmete wieder ruhiger. Da war doch noch ein Lichtblick. Er willigte in alles ein, was wir vorschlugen, also erhielt er seinen Sender und wir glichen unseren Empfänger damit ab. Wir würden nie weit von ihm sein, aber das brauchte er nicht zu wissen. Wieder wurde er entlassen, doch dieses Mal ging er mit entschieden gemischten Gefühlen. Wenig später sah Lissi ihn, wie er wieder in das Museum zur Arbeit ging, und kurz darauf hörten wir ihn telefonieren. Wie ich erwartet hatte, rief er Maja an, und die kam sofort zu ihm ins Museum.

„Da bist du ja."

„Was ist denn los?"

„Sie haben mich wieder bei der Polizei verhört. Und dabei hab ich erfahren, dass das Gemälde eine Fälschung ist."

„Was? eine Fälschung?"

„Ja. Man soll sie daran erkennen, dass in einem Baum ein Smilie gemalt ist."

„Das ist ja eine schöne Scheiße. Dann besorg das Original."

„Das kann ich nicht. Das Museum hatte auch nur diese Fälschung."

„Verdammt. Aber dann musst du Ebi die 10 000 wiedergeben."

„Die 10 000 hab ich doch nicht mehr. Ich hab doch unsere Reise bezahlt. – Aber wer ist Ebi?"

„Du Idiot. Musstest du das Geld so schnell ausgeben."

„Wer ist Ebi?"

„Das ist der Mann, der mir das Geld für dich gab."

„Du kanntest ihn also doch."

„Flüchtig. Ja, ich kannte ihn. Ich hätte aber nicht gedacht, dass du so blöde bist. Also – besorg das Geld. Versuch die Reise wieder abzumelden, oder leih es dir. Glaub mir, wenn Ebi böse wird, dann ist mit ihm nicht gut Kirschen essen. Der könnte dir echt weh tun."

„Sag das doch nicht."

„Doch. Besorge ihm das Original oder gib ihm das Geld zurück. Sonst passiert dir am Ende noch ein Verkehrsunfall."

Wir konnten hören, wie Peter Worms zusammenzuckte.

„Gib ihm das Geld zurück! Du kannst doch nicht zur Polizei gehen und sagen, ich habe da als Auftragsdieb gearbeitet, und nun will einer sein Geld zurück, weil ich das Falsche geklaut habe. Was meinst du, was die dann mit dir machen?"

„Du kennst also meinen Auftraggeber. Und du hast mich belogen."

„Du bist ein Würstchen. Natürlich kenne ich deinen Auftraggeber. Es ist mein Mann. Hast du wirklich geglaubt, du wärst meine große Liebe. Sieh dich doch einmal an. Du bist ein Nichts."

Wir hatten genug gehört, und besser noch, wir hatten alles aufgenommen. In der nächsten Stunde wurde zuerst Maja, dann auch ihr Mann Eberhard verhaftet, als er in Majas Wohnung das Bild ansah, ob das mit der Fälschung so sei, wie Maja es ihm erzählt hatte. Er hatte den Smilie kaum entdeckt, als die Polizei bei ihm klingelte und die Handschellen über seinen Gelenken zuschnappten.

Peter Worms war am Boden zerstört. Seine große Liebe hatte sich als Seifenblase erwiesen. Die Fahrt konnte er gegen eine Gebühr stornieren, die 10 000 € gab er der Polizei ab, sie waren ja Lohn für ein Verbrechen. Aber er wurde nicht verurteilt. Seine Mithilfe, die Gauner dingfest zu machen, wurde ihm angerechnet und sein Verfahren wurde wegen geringer Schuld eingestellt.

Das Museum erhielt das Bild zurück und ebenso erhielt es die Fälschung. Dort hängen beide friedlich nebeneinander in Raum 8, bewacht unter Anderem von einem Herrn Peter Worms. Anlässlich der Wiederbeschaffung gab das Museum einen kleinen Empfang.

Auch mein Team und ich waren eingeladen. Bei der Gelegenheit sah ich dann Frau von Lore, die Gattin des Museumsleiters, eine schöne Frau, bei der aus jeder Geste ihr Stilwille sprach. Sie stand neben Frau Meier, der grauen Kassiererin. Mein Gott dachte ich, was sind manche Männer doch blind, und ich meinte damit nicht nur den Herrn Worms. Wir hatten gute Arbeit geleistet, und meine Versicherungsgesellschaft zahlte jedem Mitglied meines Teams einen Bonus von 1000 €. Die Versicherung hatte durch uns viel Geld gespart. Eigentlich hätten sie großzügiger sein dürfen.

So lud ich mein Team zu einem kleinen Abendessen beim Chinesen ein. Chinesische Küche ist für mich seit jeher ein Zeichen dafür, etwas erfolgreich abgeschlossen zu haben. Lissi brachte ihren Freund René mit, so konnte ich ihn selbst kennenlernen, einen schlanken, großen Mann Mitte Dreißig, klug und mit sehr guten Manieren. Neben ihm schien Lissi von der Welt nichts Anderes mehr wahrzunehmen.

„Darf ich fragen, was Sie beruflich tun?"

„Dann raten Sie einmal, Herr Bender!"

Das hatte mir noch gefehlt. Der große Detektiv wurde in ein Ratespielchen verstrickt. Ich sah mir René nochmals genau an. Die rechte Schulter war kaum merklich etwas vergrößert, das Kinn einen Hauch weiter vorgestreckt, als man es üblicherweise vorfand. War er es gewohnt, in seiner Haltung Autorität auszudrücken? Er hatte keine Hände, die von körperlicher Arbeit gezeichnet waren.

Und er vermied es, auf eine einfache Frage eine ebenso einfache Antwort zu geben.

„René, Sie sind Lehrer."

„Wie konnten Sie das sehen?"

„Ich bin Detektiv, und sogar ein guter. Vor mir kann man nichts verbergen." Das war eine kleine Lüge, denn gerade diesen Freund hatte Lissi zu lange vor mir verbergen können. Und jetzt schaltete sich auch noch Fred ins Gespräch:

„Nicht nur Lehrer. Sie unterrichten an einem Gymnasium, und zwar ein sprachliches Fach."

„In der Tat. Ich unterrichte Deutsch und Philosophie. Und das konnten Sie mir alles ansehen?"

„Wie gesagt, wir sind Detektive."

Lissi quittierte alles mit ihrem umwerfenden Lachen.

II.

Mein Name ist Bender, Hans Bender. Meine Kolleginnen sind Lissi Schneider und Frederik Freytag. Wir arbeiten als Detektive für eine Versicherungsgesellschaft, na ja, meistens, denn manchmal müssen wir auch einfach etwas für unsere Freunde tun.

Gestern rief mich August Hasler an, ein Schatz von einem Menschen, mit lediglich einem kleinen Fehler: Er ist Bilderfälscher. Von irgendetwas muss der Mensch ja leben, und seine nachempfundenen Bilder schaden keinem Armen, auch keinem Museum. Darauf achtet er. Seine Werke verschwinden ausnahmslos in den Sammlungen reicher Kunstsammler. Und seine Bilder sind Kunst. August malt nicht irgendwelche Bilder ab, er schafft sie neu, er vertieft sich so sehr in seine künstlerischen Vorbilder, dass er wie diese sieht, empfindet, malt. Deshalb wirken die Bilder auch so echt.

Jetzt aber war er in Not. Ich konnte es gleich hören, als er mich gestern anrief.

„Vor etlichen Jahren habe ich diesem Russen Oljanow ein Bild verkauft, Weidenbacher, Garten am Bodensee. Ein Bild dieses Namens ist seit Kriegsende verschollen, und ich kann dir versichern, einen echteren Weidenbacher hat selbst Weidenbacher nicht gemalt."

„Und worin besteht das Problem?"

„Dieser Oljanow, der hat Geld wie Heu. Und doch will er nun den ‚Garten am Bodensee' versteigern lassen. Kommt das Bild aber erst einmal an die Öffentlichkeit, dann wird es untersucht werden. Als ich es malte, da konnte ich mir die heutigen Untersuchungsmethoden noch gar nicht ausdenken. Stell dir vor, heute kann man mit Isotopenanalyse feststellen, wann ein Bild gemalt wurde. Und wie sieht das aus, wenn ein Bild, das 1945 verschwunden ist, erst nach 1970 gemalt wurde? Blöde, was?"

„In der Tat blöde. Aber was stört dich das?"

„Juri Oljanow ist ein russischer Oligarch, ist ganz dicke mit Putin. Wenn der erfährt, dass ich ihn geleimt habe, dann ist mein Leben keinen Pfifferling mehr wert. Glaub mir, ich habe absolut kein Verlangen, an einer Novitschok-Vergiftung zu sterben, nicht einmal an einem Verkehrsunfall. Und deshalb darf das Bild nicht in die Öffentlichkeit!"

„Verstehe. Und nun glaubst du, ich und mein Team könnten das verhindern."

„Wenn nicht ihr, wer sonst?"

Dieses Vertrauen ehrte mich, schmeichelte mir sogar etwas. Aber wie sollten wir das anstellen?

„Tja, August. Du stellst mich gerade vor ein ganz und gar nicht kleines Problem. Ich werde mal mit meinen Leuten reden. Mal sehen, was wir da machen können. Aber setze in uns nicht zu große Hoffnungen. Such dir lieber jetzt schon ein Asyl."

„Spaßvogel. Und wie soll ich da malen?"

„Mach damit mal eine Pause. - Aber ich habe noch ein paar Fragen: Was hat dieser Oljanow damals bezahlt?"

„1,2 Millionen D-Mark. Dafür bekam er aber nicht nur das Bild, sondern auch erstklassige Papiere, die die Echtheit des Bildes und die Legalität des Verkaufs belegen. Ich konnte doch nicht ahnen, ..."

„Ich weiß, ich weiß. – Aber jetzt brauche ich Informationen. Kennst du diesen Oljanow persönlich?"

„Nein. Der Verkauf geschah damals über einen Mittelsmann. Aber der hatte Oljanow gesagt, dass er das Bild von mir hat."

„Das bedeutet aber auch, dass Oljanow dich nicht kennt?"

„So ist es. Ich wüsste nicht, woher er mich kennen sollte. Selbst im Internet findet er keine Fotos von mir."

„Das ist gut. Zumindest schafft dir das einen kleinen zeitlichen Vorsprung."

„Hans, du kannst einen richtig aufbauen: kleiner zeitlicher Vorsprung. Also keine sofortige Hinrichtung."

„August, ich werde alles für dich tun, was ich kann. Nur im Augenblick weiß ich noch nicht, was das sein wird. Ich melde mich demnächst wieder."

Unser Gespräch endete, und ich ließ ihn voller Sorgen zurück. Zuerst und vor allem musste ich diesen Fall mit meinem Team besprechen.

Am nächsten Tag in meinem Büro berichtete ich meinen beiden Mitarbeiterinnen von dem Problem, sagte ihnen auch, dass ich dem dummen August gerne helfen würde. Aber dazu musste Frederik zuerst einmal gründlich recherchieren. Was er dabei herausbekam, war nicht wenig:

Juri Oljanow war ein russischer Oligarch, der gewöhnlich in Gorki wohnte, wenn er nicht gerade auf der Suche nach profitablen Geschäften, erlesenen Kunstwerken oder schönen Frauen um die Welt jettete. In Russland lebte er ganz im Windschatten von Vladimir Putin, der nichts gegen die Geschäfte des umtriebigen Juri hatte, solange dieser loyal zu ihm stand. Und weil der ebenso loyal war, ermöglichte es ihm Putin von Geld zu Geld zu segeln, das er immer leicht erbeuten konnte und dann in Kunstwerke und schöne Frauen investierte.

„Die Festung müsste zu knacken sein." Lissi hatte es gesagt, und es klang, als freue sie sich auf so eine Aufgabe. Wenn der Mann auf schöne Frauen stand, tja, Lissi war bildschön. Und Frederik hatte herausgefunden, dass Juri ganz passabel Deutsch sprach. Eine seiner Großmütter war Wolgadeutsche gewesen. Und auch ohne englische Großmutter sprach er ein ziemlich gutes Englisch, Business-Version, Dialekt der gehobenen Oberschicht.

Das Kunstwerk selbst, also Weidenbachers Bild ‚Garten am Bodensee', gehörte vor dem Krieg einem Berliner Industriellen, der vollständig ausgebombt worden war. Dabei soll auch das Bild zerstört worden sein. Einige Jahre nach Kriegsende verstarb der Mann, verarmt und ohne Erben. Niemand trauerte um dieses Bild, von dem es auch keine Kopie und kein Foto gab, nur zwei ungenaue Beschreibungen. Es war ein Bild wie dazu geschaffen, wieder zu neuem Leben erweckt zu werden.

Es war auch nicht das einzige Weidenbacher-Bild, das in jener Bombennacht zerstört wurde. Seither fehlte auch ein zweites, ‚Frau mit rotem Hut'. Von diesem gab es wenigstens eine genaue Beschreibung, aber auch hier keine Kopie. Und kein Museum hatte dieses Bild je zu Gesicht bekommen.

Frederik hatte mir noch eine weitere Aufstellung gemacht. Es war eine Liste vieler Bilder, die seit dem Krieg vermisst wurden und nur darauf warteten, wieder aufzutauchen. Einzig die neuen Datierungsmethoden verhinderten, dass sie Jahrzehnte nach Kriegsende auf einmal ganz neu aus der Asche des Krieges auferstanden. Auch für meinen Freund August war das Geschäft in letzter Zeit schwieriger geworden. Warum er aber keine Bilder unter seinem eigenen

Namen malte, das verstand ich nicht. Wahrscheinlich brachten sie ihm nicht genug ein. Wer kauft schon einen unbekannten Hasler, wenn er einen bekannten Weidenbacher bekommen konnte?

„So, Freunde. Das ist der Stand der Dinge. Offiziell können wir hier gar nichts machen. Wäre es dennoch eine Aufgabe für uns?"

„Klaro. Einen russischen Oligarchen in den Arsch zu beißen, das wollte ich schon immer." So detailliert wollte ich es von Frederik gar nicht wissen.

„Chef, das machen wir. Und glaube mir, da fällt für uns mehr ab als ein magerer Bonus unserer Gesellschaft. Ich mach mit."

„Euch ist klar, dass wir damit außerhalb unseres Dienstes agieren, wahrscheinlich sogar ein wenig außerhalb von Recht und Gesetz?"

Wie erwartet stimmten beide zu. Wie Lissi ihrem René dieses Risiko erklären würde, ahnte ich nicht. Aber ein deutscher Philosophie-lehrer fand sicher nichts dabei, einen russischen Oligarchen über den Tisch zu ziehen.

Wir mussten nur noch unser Vorgehen planen. Aber was soll ich die Planung erzählen, wenn die Durchführung so über die Maßen gelungen ist.

In der nächsten Woche baute Frederik im Internet eine erstklassige Legende für Irene von Laugwitz, so hieß Lissi fortan: Bilder der Eltern, Bilder aus der Schulzeit, Bilder mit Freundinnen, mit Freun-den. Einen genauen Lebenslauf lässt er weg, denn wer stellt schon seinen Lebenslauf ins Internet, außer er strebt einen akademischen Grad an. Irene hatte zwar Kunstgeschichte studiert, aber nie ein Examen gemacht, eine Affäre mit ihrem Mentor kam dazwischen. Bilder des Mentors, Liste seiner Veröffentlichungen. Dann werden die Bilder von Irene immer seltener, sie stellt sich auf eigene Füße, und die stehen nicht unbedingt auf bürgerlichen Rechtsvorstellungen.

Bis hierher war alles einfach, aber jetzt wurden die Metadaten eingebaut. In einem süddeutschen Standesamt findet man nicht nur ihre Geburtsurkunde, sondern auch gleich die passenden Urkunden ihrer Eltern, zurück bis zum Termin der Einführung eines digitalen Einwohnerregisters. Eine Universität hat in ihren digitalen Speichern Irenes Immatrikulation, Exmatrikulation und die Ergebnisse der Semesterprüfungen. Einige Einwohnermeldeämter weisen aus, wo sie jeweils gewohnt hat, die Sparkasse einer kleinen Stadt hat noch die Unterlagen ihres Kontos mit den regelmäßigen Überweisungen ihrer Eltern.

„Eigene Einnahmen hatte sie nämlich nie, das spart mir eine Akte in einem Finanzamt zu kreieren. Wisst ihr", so Frederik weiter, „wenn man erst einmal die Türchen kennt, durch die man in die Systeme hineingelangt, dann ist der Rest einfach. Die Datenflut unserer Behörden ist so riesig, die kann niemand mehr sichten. Ich musste aber achtgeben, dass ich die jeweils üblichen Löschungszeiten genau einhielt. Selbst wenn nun ein Mensch in einem Amt auf diese Akten stößt, dann zeigt sich ihm ein ganz normaler Vorgang."

„Und wieso kannst du das?" Lissi hatte es gefragt.

„Liebe Lissi, der Mensch muss essen. Dazu braucht er Geld. Und bei manchen Dienststellen schätzte man meine Arbeit hoch ein. Darüber möchte ich nicht mehr sagen. Aber glaubt mir, die Arbeit war allemal stressiger als in so einer geruhsamen Versicherung." Wir fragten nicht weiter, wir staunten nur. Das Beste aber an Irenes Legende waren, wie Frederik mir unter vier Augen verriet, ganz unscheinbare Marker, die sofort melden sollten, wenn jemand diese Zeilen lesen würde. Es war eine wertvolle Maßnahme.

„Ist er nicht süß", kommentierte Lissi ihre Legende, als sie sah, dass Frederik sie um ganze zwei Jahre jünger gemacht hatte. Warum wollen Frauen immer jünger sein, als sie sind? Lissi ist ideal, eine jüngere Ausgabe wäre auch nicht idealer.

In der Zwischenzeit hat Lissi die neue Identität eingeübt. Wenn ich sie mit Lissi anrede, dann antwortet sie nicht mehr, ich muss sie schon Irene nennen. Immerhin hat sie ihre Ess- und Trinkgewohnheiten mit in die Irene gerettet, da müssen wir nichts umlernen. Ebenfalls hat sie einige Brocken Russisch gelernt. Wenn man nach Gorki zu einem Oligarchen fliegen will, dann sollte man Grundkenntnisse der Sprache haben.

Nach drei Wochen waren wir so weit. Lissi, alias Irene flog nach Gorki. Dort würde sie sich telefonisch bei Oljanow melden. Am Telefon konnte Lissi ganz aufregend klingen. Es funktionierte. Noch am selben Nachmittag bekam sie einen Termin.

„Dobry denje." Es klang etwas unbeholfen.

„Wir können gerne Deutsch sprechen." Oljanow hatte ihr die Hand gereicht, seine Augen hatten ihre Figur gemustert, dann sah er in ihre Augen, „Sie sind Frau Irene von Laugwich?"

„von Laugwitz, ja die bin ich, aber Sie können einfach Irene sagen". Ihre dumpfen e-Laute mussten ihn elektrisiert haben.

„Und womit kann ich Ihnen Gutes tun?"

„Ich bin Kunstsachverständige, und Sie sind Kunstsammler. Da kann ich mir denken, dass Sie gelegentlich Verwendung für meine Dienste haben."

„Haben Sie das studiert?"

„Ja. Aber im Studium lernt man das Falsche. Ich habe es abgebrochen. Nun lerne ich vom Leben."

„Vom Leben, so? Und wie weiß ich, ob Sie gut genug sind für mich?"

Lissi sah sich in dem Büro um. Überall Bilder, vor dem Fenster eine Bronze, wahrscheinlich Giacometti. Dann sah sie das Bild. Es hing an einer Seitenwand. Sie ging hinüber, sah es sich an, sah genauer hin.

„Weidenbacher, Garten am Bodensee. – Und eine Fälschung."

Das saß. Im Nu stand Oljanow neben ihr.

„Was sagen Sie da? Eine Fälschung?"

„Natürlich. Das Originalbild wurde vor dem Krieg gemalt. Aber auf diesem Bild sind die Farben entschieden zu neu. Von wem haben Sie es?"

„Von einem Herrn Hasler."

„Ach, von dem, dann ist es bestimmt eine Fälschung."

„Ich lasse ihn umbringen, diesen Hasler!"

„Nun mal langsam. Bisher haben Sie keinen anderen Beweis für die Fälschung als mein Wort. Sie sollten sich erst einmal davon überzeugen, dass ich recht habe. Und dann können wir noch einmal miteinander reden. Vielleicht gibt es eine wirksamere Rache, als den Hasler umzubringen. Doch dazu müssten wir erst einmal ins Geschäft kommen. Sie haben hier eine Probe meines Könnens, kunsthistorisch gesehen", und ein Augenaufschlag begleitete diesen Satz, der auch keinen Juri Oljanow kalt lassen konnte, „ich bin an keiner dauernden Anstellung interessiert. Aber wenn ich Ihnen zu einem guten Geschäft verhelfen kann, dann erwarte ich 10 % des Kaufwertes als Provision. Wenn Sie damit nicht einverstanden sind, nun ja, es gibt in Russland auch noch andere Kunstsammler."

„10 %?"

„Genau."

„Sie sind teuer."

„Mein Wissen ist teuer. Und Sie haben Geld."

„Einer schönen Frau kann ich nichts abschlagen. Einverstanden."

Sie gaben sich die Hand. Unter Gaunern galt das immer noch als Vertrag.

„So, jetzt muss ich weiter, habe noch ein paar Termine. Lassen Sie das Bild prüfen, am besten eine Isotopenanalyse zur Altersbestimmung. Das sollte auch hier in Gorki möglich sein. Dann reden wir noch einmal miteinander. Ihre Telefonnummer habe ich ja, Sie sollten aber auch meine haben."

Irene krizelte die Telefonnummer eines teuren Hotels auf eine Visitenkarte unter ihren Namen. Juri nahm die Karte entgegen, roch daran, erkannte das Parfüm. Welch eine Frau. Dann war sie verschwunden. Sie würde wiederkommen, mit ihm Geschäfte machen. Aber erst einmal wollte er wissen, wer sie eigentlich war. Er rief seinen Sekretär zu sich.

„Boris, da war eben eine Irene von Laugwitsch oder so hier, hier ist ihre Karte, besorgen Sie mir alles, was man über sie wissen kann."

„Will sie mit Ihnen Geschäfte machen, oder, Sie wissen schon?"

„Sie will mit mir Geschäfte machen. Aber es könnte sein, dass ich auch noch mehr will, du weißt schon."

Die Männer lachten, Boris begab sich an seine Arbeit.

Natürlich begann Boris mit einer Internet-Recherche. Die ergab genau das, was er erwartet hatte, wenn man von einigen pikanten Bilder der schönen Irene im Alter von etwa 20 Jahren absieht. Für seinen Chef wäre das schon genug, nicht für Boris. Auch er kannte einige Türchen, und durch eines betrat er den Computer-Speicher eines Standesamtes. Alles passte. Was er nicht sah, bei Frederik erschien eine warnende Anzeige. Dann besuchte er die Uni, an der Irene studiert haben sollte. Wieder passte alles. Nur den Namen des Dozenten, mit dem sie damals liiert war, ein Dr. Deininger, den kannte er nicht. Frederik baute sofort weitere Informationen über diesen Dozenten ein: keine große Koryphäe, akademischer Rat, verheiratet, ein Kind, in letzter Zeit keine Veröffentlichungen mehr. Alte Veröffentlichungen würde wohl kein Russe lesen. Frederik hatte Recht.

Boris suchte nach einer Steuererklärung der schönen Irene, fand aber keine. ‚Sieh an, das kleine Biest. Geld machen, aber keine Steuern zahlen. Am Ende hat sie wohl russische Vorfahren.‘ Er beließ es dabei. Für seinen Chef war diese Irene optimal: großzügig, was ihre Steuerehrlichkeit anging, ehrlich, was ihr abgebrochenes Studium anging, hoffentlich auch großzügig bei dem, was im Gespräch mit Juri immer ‚du weißt schon‘ hieß, die körperlichen Voraussetzungen brachte sie auf jeden Fall mit. Boris erstattete seinen Bericht und Juri war zufrieden. Man würde sehen.

Schon nach 5 Tagen hatte Oljanow das Ergebnis der Isotopenuntersuchung: Das Bild ist so um 1970 gemalt worden, es ist sicher eine Fälschung. Und Irene hatte das sofort gesehen. Sie stieg in seiner Achtung. Er rief sie an und lud sie ein zu einem Abendessen ins ‚La Colline'. Gegen französische Küche würde sie sicher nichts einwenden. Irene kam, pünktlich, in einem rosa Abendkleid, das mehr versprach als gute Unterhaltung während der Mahlzeit.

„Meine Liebe, Sie hatten Recht, das Bild ist eine Fälschung."

„Gelernt ist gelernt, Herr Oljanow."

„Sagen Sie Juri zu mir."

„Wenn Sie Irene sagen, gerne. Dann brauchen Sie sich auch nicht mit meinem schwierigen Nachnamen zu quälen, Juri."

„Was aber machen wir mit diesem Hasler?"

„Sie wissen, dass er ein Fälscher ist. Wenn Sie ihn nun töten lassen, dann beginnt eine Mord-Untersuchung, und niemand weiß, was die noch so alles zu Tage fördert. Glauben Sie mir, die deutsche Polizei kann sehr gut sein. Aber selbst, wenn man Ihnen nichts anhaben kann, so ist es doch mühevoll und bringt ihnen nichts ein, kostet nur, aber wer wird am Ende wissen, dass Sie sich gerächt haben? Nein, nein. So geht das nicht. Sie müssen Hasler mit seinen eigenen Waffen schlagen. Er ist Fälscher, also soll er Bilder fälschen, aber für Sie, lieber Juri."

„Das müssen Sie mir erklären."

„Sie nehmen Kontakt zu Hasler auf, sagen ihm auf den Kopf zu, dass er ein Bilderfälscher ist, und dann bieten Sie ihm an, für Sie weitere Bilder zu malen, für die Sie ihm natürlich nur Arbeitszeit und Material bezahlen. Für Sie aber sind die Bilder gutes Geld wert."

„Für so durchtrieben hätte ich Sie niemals gehalten. Sie meinen also, ich sollte die Bilder dann als echte Kunstwerke verkaufen?"

„Um Gottes willen, nein. Dann werden die Bilder untersucht, der Schwindel fliegt auf. Sie geben diese Bilder nicht aus der Hand, Sie zeigen sie nur. Wir beide fahren in die Schweiz, dort mieten Sie ein Banksafe und legen die Bilder dort hinein, die Bilder und auch die Gutachten, dass es echte Bilder sind. Die Bank kennt den Inhalt des Safes, und den benutzen Sie als Kaution für kurzfristige Kredite. Mit einem ‚echten Weidenbacher' in ihrem Safe wird eine Bank wohl bereit sein, einige Franken oder Dollar vorzustrecken. Sie können gleich zu Beginn einen Test machen, zahlen den Kredit wieder ganz pünktlich zurück. Das schafft Vertrauen. Ansonsten sollte eine größere Bank einen Juri Oljanow kennen, meinen Sie nicht auch?"

Oljanow kam aus dem Staunen nicht heraus. Endlich eine Frau, die in seiner Liga spielte. Sie aßen und ließen es sich gut schmecken, bis Oljanow sein zweites Ziel ansteuerte, das ‚du weißt schon'.

„Können wir nicht ‚Du' zueinander sagen?"

„Aber sicher, lieber Juri."

„Und was machen wir jetzt mit diesem angefangenen Abend?"

„Du meinst ...", Irene legte ihre Hand auf seine, „nein, ich glaube, das wäre noch etwas zu früh. Bis jetzt haben wir nur eine Geschäftsbeziehung. Alles andere müsstest du dir erst einmal verdienen."

„Was meinst du mit ‚verdienen‘?"

„Zuneigung, Vertrauen, vielleicht sogar Liebe. Du bist ein sehr interessanter Mann. Aber du hast doch sicher deinen Sekretär nach mir recherchieren lassen? Ich hätte es auch getan. Das ist noch kein Vertrauen. Lass uns erst einmal gut zusammenarbeiten. Wer weiß, was dann noch geschehen kann."

Ihr Lächeln war wie ein Versprechen, oder für Juri wie ein Wechsel, den konnte er jetzt schon annehmen, aber fällig würde er erst in der Zukunft. Irene war eine Herausforderung, und er, Juri, würde diese bestehen. Etwas in ihm rief geradezu danach, diese Frau zu erobern.

Einige Tage später landeten Herr Oljanow und Frau von Laugwitz auf dem Flughafen Zürich, ein Taxi brachte sie zum Hotel Savoy. Eine kurze Weile später fuhren sie zu dem Bankhaus der ‚Crédit Suisse‘ in der Seefeldstraße. Dort mietete Herr Oljanow einen Banksafe, in dem er das Gemälde, Weidenbacher, Garten am Bodensee, deponierte, dazu ein Zertifikat, dass das Gemälde echt sei und eine Quittung, dass er es für 1,2 Millionen D-Mark gekauft hatte. Ein Bankbeamter quittierte die Einlagerung, und dann verhandelte Oljanow mit einem Bankdirektor, dieses Bild als Sicherheit für kurzfristige Kredite nutzen zu können. Man räumte ihm einen Kreditrahmen von 400 000 € ein. Er hatte mehr erwartet, aber man machte ihn höflich, doch bestimmt darauf aufmerksam, dass Kunstwerke starken Kursschwankungen unterliegen und man deshalb nur einen kleinen Teil ihres Wertes beleihen könnte.

Während all dieser Aktionen stand eine bezaubernd schöne Frau neben Oljanow, was von den Angestellten der Bank ein hohes Maß an Konzentration verlangte. Wenn der Direktor dennoch so erfolgreich den Beleihungswert des Bildes herunterhandelte, zeigte das die hohe Professionalität, für die dieses Bankhaus bekannt war. Oljanow war zufrieden. Und Irene alias Lissi ließ sich ihre Beteiligung an diesem Geschäft mit 20 000 € gut versilbern. In Juris Augen musste ihre Zuneigung dadurch um einiges gewachsen sein.

Schon der nächste Tag brachte die beiden nach Berlin, wo ein Mittagessen mit Herrn Hasler verabredet war. August Hasler hatte mir noch einmal sein ganzes Leben vorgebetet, völlig überflüssig, denn ich kannte ihn besser als er selbst. Und so fuhr ich zu diesem Mittagessen in ein bescheidenes Lokal am Kudamm. Bei meinem Eintritt kam Irene schon auf mich zu:

„Schön Sie zu sehen, Herr Hasler."

„Irene, schön wie der junge Frühling. Was verschafft mir die Freude, Sie hier zu treffen?"

„Darf ich vorstellen, Oljanow. Er hat vor Jahren ein Bild von Ihnen gekauft."

„Schön. Und möchten Sie nun wieder ein Bild kaufen? – Aber setzen wir uns doch erst einmal und trinken etwas."

Wir bestellten, die Kellnerin brachte, wir tranken einander zu.

„So, lieber Herr Hasler. Und jetzt kommen wir aber zum geschäftlichen Teil."

„Gerne."

„Sie haben mir einen Weidenbacher verkauft. Aber das Bild ist kein Weidenbacher, es kann es gar nicht sein, denn es wurde erst so um 1970 herum gemalt. Und so etwas nennt man eine Fälschung."

„Nein, das kann nicht sein, ..."

Irene unterbrach: „Lassen Sie gut sein, Herr Hasler, wir wissen, dass das Bild eine Fälschung ist. Und wenn wir damit an die Öffentlichkeit gehen, ist es um Ihr Renommee geschehen, und damit auch um Ihre Einnahmen."

Ich wurde ganz still. Jetzt musste der Clou kommen.

„Aber es ist eine ausgezeichnete Fälschung. Sehen Sie, so ein Talent darf man nicht vergeuden. Ist das das richtige Wort? Nein, Herr Hasler, wir wollen Sie nicht bloßstellen. Sie sollen weiter malen, wenn Sie wollen auch weiter fälschen. Nur malen Sie jetzt die eine oder andere Fälschung für mich."

„Habe ich Sie richtig verstanden? Ich soll Fälschungen für Sie herstellen?"

„Genau. Zuerst habe ich an einen weiteren Weidenbacher gedacht. Irene, wie hieß der Titel des Bildes?"

„Frau mit rotem Hut."

„Genau. Diese ‚Frau mit rotem Hut' ist ebenfalls seit 1945 nicht mehr aufgetaucht, und es gibt nur eine Beschreibung davon. Aber die kennen Sie sicher."

Ich nickte.

„Und dieses Bild werden Sie mir malen. Einen echten, schönen Weidenbacher, mit Zertifikat und Quittung und allem. Sagen wir, das Bild hat 1,4 Millionen Euro gekostet. Das ist doch nicht zu viel? Natürlich werden Sie diese 1,4 Millionen nicht bekommen. Ihnen bezahle ich Leinwand, Farben und sagen wir 1000 € für eine erstklassige Arbeit. Das sind Sie mir wohl schuldig."

Wieder konnte ich nur nicken. Wie gerne hätte ich mir selbst dabei zugesehen, wie ich mit Armsündermiene auf alles einging, was dieser Halsabschneider von mir verlangte.

„Juri, 1000 € sind etwas wenig. Dann könnte er schlampen. Sag 2000 €, das ist sicherer."

„Gut, 2000 €, aber keinen Cent mehr. Und liebe Irene, wechsle nicht die Seiten. Bei mir ist mehr drin."

„Ach, Juri. Meinst Du, ich lasse 20 000 € einfach liegen? Ich brauch das Geld, das Du mir zahlst."

Der Handel war abgeschlossen. Sie gaben mir großzügig zwei Monate Zeit, um das Bild zu malen. August würde sich sputen müssen. Aber erst einmal war ihm geholfen. Noch vor Ablauf der beiden Monate konnte ich Irene anrufen, so hieß sie jetzt auch in Berlin. Genau wusste man nie, wo Boris auch bei uns seine Nase hineinstecken würde. Das Bild war fertig. Ich bekam 2680 €, Arbeitslohn und Materialkosten, Irene bekam das Bild. Sie würde es an Oljanow weitergeben, aber auch da dürfte es nicht lange bleiben, in Zürich wartete ein Banksafe darauf, es aufzunehmen und mit dieser größeren Sicherheit den Kreditrahmen auf 900 000 € anwachsen zu lassen. Irene erhielt wieder 20 000 € und Juri bekam ein Küsschen auf die Wange gehaucht, das ihm beinahe seine Sinne raubte. Wir waren bereit für den letzten Akt. Als Termin wurde der kommende Donnerstag vereinbart. Irene sollte an diesem Abend mit Juri ausgehen, zuerst ins Ballett, dann in ein Restaurant. Von 20.00 bis 24.00 Uhr sollte sie sich nie von Juri entfernen, denn sonst war ihr Alibi geplatzt.

Und ein Alibi brauchte sie für diesen Abend, den Abend, an dem das Computersystem der ‚Crédit Suisse' gehackt wurde. Fast der gesamte Kreditrahmen des Kunden Oljanow wurde ausgeschöpft und 800 000 Euro wurden nach seiner Anordnung als Spende auf ein russisches Konto überwiesen, das nicht zufällig einem russischen oppositionellen Rundfunksender gehörte. In der Bank ahnte zu diesem Zeitpunkt niemand etwas davon. Lediglich das Gesicht eines Frederik Freytag, der an seinem Computer in Berlin saß, strahlte vor Genugtuung. Er hätte nicht gedacht, dass es so leicht gewesen sei. Und wenn er daran dachte, dass Putin diesen Sender überwachen ließ und inzwischen sicher erfahren hatte, dass sein loyaler Anhänger Oljanow heimlich die Opposition unterstützte, dann konnte er beim besten Willen das Grinsen nicht mehr aus seinem Gesicht verbannen. Putin würde schäumen, und seine Rache würde fürchterlich sein.

Am nächsten Tag entdeckte auch die Bank die Überweisung. Niemand dachte sich etwas dabei. Aber Schweizer Gründlichkeit führte dazu, dass man Oljanow darum bat, die Überweisung auch schriftlich zu bestätigen. Und so erfuhr er, dass er über Nacht um 800 000 € ärmer und um einen mächtigen Feind reicher geworden war. Sollte er Putin anrufen? Das hätte wie ein Geständnis und eine faule Ausrede gewirkt. Er rief nur Irene an. Kaum fand er die Kraft, ihr für einen schönen Abend zu danken, da sprudelte auch schon sein ganzes Unglück aus ihm heraus. Irene war die einzige, der er noch vertrauen konnte, sie war den ganzen Abend bei ihm gewesen. Wer sonst aber hätte eine solche Bosheit vollbringen können? Nicht einmal Boris vertraute er mehr. Auch Irene ist tief erschüttert. War das Treue, auf die man in Juris Kreisen so viel hielt? Sie bietet ihm sofort ihr ganzes Geld an, um aus Europa zu verschwinden, kauft zwei Flugkarten nach den Cayman-Inseln und sitzt wenige Stunden später mit Juri im Flugzeug. So viel Freundschaft hatte selbst Juri Oljanow nicht erwartet. Er kannte

Irenes gutes Herz nicht und war bisher durch den Vorbau dieses Herzens viel zu sehr abgelenkt, es zu entdecken. Oljanow hatte noch sein Vermögen, das über viele Länder verteilt war. Von den Cayman-Inseln aus würde er sich ein neues Imperium aufbauen. Nur an Irene hatte er nicht viel Freude, denn kurz nach der Landung erhielt sie ein Telegramm, dass sie schleunigst nach Hause rief, wo ihr Vater im Sterben liege. Es blieb ihr nichts anderes übrig als den nächsten Flieger zu nehmen und umzukehren. In Deutschland kam sie nie an, denn aus dem Flugzeug stieg eine Lissi Schneider, die allerdings der Irene von Laugwitz zum Verwechseln ähnlichsah. Jedenfalls hat Oljanow nie wieder etwas von Irene gehört. Sie blieb die Schöne, die ihn gerettet hatte.

Dafür erhielt ein Zürcher Bankhaus einen weiteren Hack, in dem mitgeteilt wird, dass die beiden Bilder in dem Banksafe des Herrn Oljanow wahrscheinlich Fälschungen seien. Die Bank zog es vor, das nicht zu überprüfen und stattdessen die Bilder vom Markt fernzuhalten. Der Kredit wurde nie zurückgezahlt. In Berlin atmete der Kunstmaler August Hasler auf. Es war noch einmal gut gegangen. Man musste nur die richtigen Freunde haben.

Ein kleines Dankeschön erhielt ich dann doch: August hatte zwei Versionen der ‚Frau mit Hut' gemalt. Die bessere lag nun in einem Zürcher Bankfach, die andere schenkte er mir. Außer mir war wohl niemand in der Lage, ohne moderne Analysetechnik zwischen diesem Bild und einem Original zu unterscheiden. Ich war stolz auf dieses Geschenk. Damals ahnte ich noch nicht, dass ich es einmal würde gebrauchen können.

III.

Ich dachte, ich kenne mein Team. Doch nun erhalten wir eine junge Praktikantin, und alle reagieren anders, als ich erwartet habe. Lissi ist die Schwesterlichkeit in Person, und Frederik, der zieht sich neuerdings modischer an, vergräbt sich weniger hinter seinem Rechner und zeigt auf jedwede Art, was in seinen Augen einen attraktiven Mann ausmacht. Er scheint sogar an Gewicht abzunehmen. Es ist richtig schön.

Aber die Neue ist auch zu süß. Annika Melzer heißt sie, ist kaum über 1,65 m hoch, gertenschlank, mit langen, dunkelbraunen Haaren, großen Rehlein-Augen, kurz, wäre ich 20 Jahre jünger, ich käme wahrscheinlich sogar in Anzug und mit Fliege zur Arbeit. So bleiben mir nur meine „Vatergefühle" für die junge Frau, und das kann man in meinem Alter auch genießen.

Annika hat ihren Arbeitsplatz an dem zweiten Schreibtisch in meinem Arbeitszimmer. Und so herrscht bei mir nun ein ständiges Kommen und Gehen. Selbst junge Kollegen anderer Abteilungen bringen neuerdings angeforderte Akten persönlich vorbei. Ich kann nur hoffen, dass Lissi nicht eifersüchtig wird. Doch ich erinnere mich, als sie neu in meiner Abteilung arbeitete, war es das gleiche Bild. Nach etwa zwei Monaten legte sich das. Wer danach noch selbst hier vorbeikam, der meinte es ernst und hieß meistens René.

Im Augenblick ist Annika immer fröhlich, nur gelegentlich etwas zu exaltiert, genauer gesagt, immer, wenn Frederik in der Nähe ist. Es ist schon schwer für einen Mann wie mich, von allen Seiten von schönen Frauen umflattert zu werden, also von Lissi und Annika. Aber man erträgt es.

Doch ich will nicht über mein Team sprechen. Ich möchte einen weiteren Fall erzählen. Es wurde wieder einmal ein Bild gestohlen, „die Schlafende", dieses Mal in einem Museum in Neustadt. Lieber Leser, suchen Sie die Stadt nicht, ihr Name wie der Titel des Bildes sind fiktiv, ich möchte Ihnen doch keine Anleitung geben, wie und an welchem Ort man Bilder stehlen kann. Auch der Name des Malers ist fiktiv, nennen wir ihn Albert Meiner. Echt ist aber der Preis, den das Bild vor 4 Jahren bei einer Auktion erzielte: 6 000 000 €. Nun musste meine Versicherung dem Museum das Bild zurückschaffen oder 6 000 000 € bezahlen. Deshalb ging der Auftrag sofort an das beste Team im Haus, an mein Team. Na ja, es ist auch das einzige Team für solche Angelegenheiten. Denn so häufig ist der Bilderdiebstahl nicht. Wir vermuteten gleich, dass das Gemälde nicht gestohlen, sondern entführt wurde, und darin wurden wir bestätigt, als eine Woche nach der Entdeckung der Entführung bei meiner Versicherung eine Forderung über 2 Millionen Euro einging als Preis für die Rückgabe der ‚Schlafenden'. Das Geld sollte, wen wundert es, in kleinen, unmarkierten Geldscheinen in einer Sporttasche übergeben werden. Ich hatte mit 2 bis 3 Millionen gerechnet, hatte jedoch die Forderung viel früher erwartet. Irgend-etwas stimmte hier nicht. Dass wir keine Polizei einschalten sollten, das verstand sich von selbst, aber wer immer das Bild zurückgeben wollte, er schien mein Team zu kennen, denn er bestand darauf, das Lösegeld von der Praktikantin zu erhalten. Von allen anderen im Team wollte er nichts sehen, oder der Handel würde platzen. Eine Antwort erwartete er nicht.

Natürlich gingen wir auf das Geschäft ein. Ich hatte allerdings Sorge, ob ich Annika damit betrauen durfte. Sie war nur Prakti-kantin, und die Aufgabe hätte gefährlich werden können.

„Chef, gehöre ich zum Team oder nicht?"

„Selbstverständlich gehörst du zum Team."

„Dann werde ich das Geld übergeben." Gegen 1,65 m Entschlos-senheit kam ich nicht an. Zur Sicherheit bat ich Lissi, sie unauffällig zu beschatten. Niemand, weder Annika noch der Bilderdieb durften etwas davon bemerken. Lissi versprach es. Auf sie konnte ich mich verlassen, ich war beruhigt.

Annika brachte also eine Sporttasche mit dem Geld zu dem angege-benen Ort. Als sie das Geld ablegte, lagt da ein Brief, an meine Ver-sicherungsgesellschaft adressiert. Sie brachte den Brief zu mir, er enthielt einen Schlüssel und die Angabe eines Gepäckfaches am Bahnhof, in dem wir kurz darauf die ‚Schlafende' fanden, sorgfältig verpackt und auf den ersten Blick ohne nennenswerte Schäden. Wir hatten den örtlichen Direktor unserer Versicherungsgesellschaft dazu gerufen, und der atmet erleichtert auf: „Na ja, 2 Millionen sind immer noch viel, aber besser als 6 Millionen."

Wir stimmten ihm zu. Doch mein Bauch sagte mir, dass hier irgendetwas nicht stimmen konnte. Wieder und wieder betrachtete ich das Gemälde, achtete auf jede Kleinigkeit.

„Chef, schau keine Löcher in das Bild!" Das war Lissi.

Löcher. Das war das Stichwort. Dieses Bild hatte am Rand vier völlig unscheinbare Löcher, so als hätte man es mit feinen Nadeln auf eine Staffelei gepinnt. Das Original hatte keine solche Löchlein. Dieses Bild hier war nicht ‚die Schlafende' von Meiner, es war nur eine Kopie, wenn auch eine vorzügliche. Ohne die winzigen Löchlein wäre mir das nie aufgefallen.

„Herr Direktor, ich muss Sie leider enttäuschen. Wir haben keine 4 Millionen gespart, sondern weitere 2 Millionen verloren. Denn dieses Bild ist eine Kopie."

Minutenlang herrschte tiefes Schweigen im Raum. Damit hatte niemand gerechnet. Jetzt war mir auch klar, warum die Diebe sich erst nach einer Woche gemeldet hatten. Eine gute Kopie herzustellen, brauchte seine Zeit.

„Dann besorgen Sie eben das Original! Und am besten die ganze Bande gleich in Handschellen dazu!" Mit diesem Satz nach Art eines Feldherrn ging der Direktor. Ein ratloses Team blieb zurück. Wo sollten wir nun das Bild herbekommen.

Zuerst einmal ließ ich meine Kontakte zur Polizei spielen. Im BKA befasste sich mein Freund Martin Grabe mit diesem Fall. Martin kannte ich seit meiner Bewerbung um den Polizeidienst. Von der neuerlichen Kopie erwähnte ich natürlich nichts. Man muss sich ja nicht blamieren. Martin bearbeitete diesen Vorgang mit der ganzen Kunstfertigkeit polizeilicher Routine, allerdings bisher ohne irgendein Ergebnis. Schon am nächsten Tag besuchte ich ihn in seiner Behörde.

„Martin, kannst du mir helfen?"

„Das klingt dramatisch. Was ist denn los, Hans?"

„Wenn das Bild, dieser Meiner, wenn das nicht bald wieder auftaucht, ist meine Versicherung um 6 000 000 € ärmer."

„Ich weiß."

„Und mir reißen sie den Arsch auf. Denn mein Job ist es, das Bild wieder zu beschaffen."

„Dein armer Arsch. So wie es aussieht, geht er einer schrecklichen Zukunft entgegen. Denn auch wir wissen noch rein gar nichts."

„Nun, ein kleines Bröckchen eures heiligen Polizeiwissens darfst du doch sicher einem alten Kumpel als Trostbonbon vorwerfen?"

„Im Museum ist das Bild gegen eine Kopie ausgetauscht worden. Zuerst hat niemand etwas bemerkt, doch dann kam dieser Meiner zu Besuch, und beim Anblick seiner ‚Schlafenden' erschrak er,

‚Das ist gar nicht mein Bild.'

Frage: ‚Wieso denn das?'

Meiner: ‚Ich werde doch wohl mein Bild kennen. Das ist es nicht. Es ist nur eine billige Kopie.'

Das Bild wurde untersucht. In der Tat, es war nicht das Original. Das geschah vor über einer Woche. Und seitdem untersuche ich den Fall, bisher aber ohne jedes Ergebnis."

„Dann könnte die ‚Schlafende' schon viel länger außer Haus sein?"

„In der Tat. Und ich habe noch keinen Anhaltspunkt, wie lange sie schon aushäusig ist."

„Danke, Martin. Du hast hoffentlich nichts dagegen, wenn auch wir noch einmal mit dem Museumspersonal sprechen. Vielleich sagen sie uns etwas anderes als deinen Kollegen."

„Tut das, aber sagt mir auf jeden Fall Bescheid, wenn sich etwas ergibt."

„Klaro! Aber sag einmal, wieso kam Meiner in das Museum? Wieso wollte er das Bild sehen?"

„Ach so. Meiner hat Krebs im Endstadium, und da wollte er sich von seinen besten Bildern verabschieden, sie noch einmal sehen, bevor sich seine Augen schließen."

„Das tut mir leid für den Mann. Und dann erlebt er diese Enttäuschung."

Ich glaube, in solchen Augenblicken kann ich richtig betroffen dreinschauen. Ich verabschiedete mich von Martin. Ein bisschen hatte ich ein schlechtes Gewissen, dass ich ihm nicht von der zweiten Fälschung erzählt hatte. Nun ja, wenn wir den Fall aufgeklärt hätten, dann würde Martin sicher auch sein Lorbeerkränzchen bekommen. Auf so etwas war mein Team nicht erpicht, wir dachten eher an eine Bonuszahlung.

Zurück in meinem Dienstzimmer berief ich sofort eine Teambesprechung ein. Ich berichtete von der Erfolglosigkeit der Polizei, und dass unser Bild vielleicht schon länger aus dem Museum verschwunden war.

„Nein, Chef, das war nicht viel länger. Sonst hätten die nicht so lange gebraucht, um die zweite Kopie fertig zu stellen."

„Und wie lange meinst du, braucht man dazu?"

„Schätzungsweise zwei Wochen. Dann noch eine Woche zum Aushärten der Farben, das kann man aber auch mit Hitze beschleunigen. Der wahrscheinlichste Termin liegt vor 3 bis 4 Wochen."

„Dann wollen wir uns auf diese Zeit konzentrieren. Frederik, versuch einmal festzustellen, ob ein Angestellter des Museums in dieser Zeit einen ungewöhnlichen Geldverkehr hatte."

„Wird gemacht."

„Dennoch sollten wir nicht nur dieser Spur folgen. Denken wir einmal nach, was da geschehen ist:

Variante 1: Man wollte das Bild entführen und gegen Lösegeld freilassen. Aber da kam ein besseres Angebot dazwischen, jemand wollte das Bild kaufen, und wir sollten mit einer Kopie abgespeist werden."

„Einleuchtend. Aber woher wusste der Käufer von dem Diebstahl? In der Zeitung kann es erst nach der Entdeckung gestanden haben."

„Richtig. Und warum wollte man das Bild nicht einfach verkaufen und uns draußen lassen. Uns einzuschalten birgt sicher ein gewisses Risiko. Völlig unnötig."

„Also Variante 2: Das Bild wurde schon im Auftrag eines Kunden gestohlen. Uns hat man nur beteiligt, um noch ein zweites Mal abzusahnen. Vielleicht wollte es der Kunde aber auch, denn es lenkt davon ab, dass er das Bild nun hat. So bleibt ihm mehr Zeit, auch die letzte kleine Spur zu verwischen."

„Das erfordert aber einen strategischen Plan. Das geht über einen kleinen Bilderdieb hinaus."

„Und ich meine, hier haben wir es nicht mit einem gewöhnlichen, kleinen Dieb zu tun."

„Lassen wir einmal beide Versionen nebeneinanderstehen. In beiden ist der Fluss des Geldes verschieden. Wenn das Bild zuerst nur entführt werden sollte und dann verkauft wurde, dann wird es auf einmal bezahlt. Wurde es auf Bestellung gestohlen, dann dürfte es eine Anzahlung gegeben haben, und nach vollbrachter Tat wurde der Rest bezahlt. Wenn wir den Geldfluss finden können, dann erzählt der uns einiges darüber, wie das Bild gestohlen wurde."

„Aber wie willst du den Geldfluss entdecken?"

„Hoffen wir einmal, dass es ein deutscher Kunde ist. Nun, in unserem Land gibt es vielleicht so 60 Menschen, denen ein solches Geschäft zuzutrauen ist. Mal sehen, ob man bei einem von ihnen etwas finden kann. Ich werde also nach Geldbewegungen von 2 bis 3 Millionen in einer oder zwei Gelegenheiten suchen, und die sollten nahe beieinander liegen." Frederik war in seinem Element. Ob alles so ganz nach Meinung des Heiligen Vaters geschah, ich wollte es gar nicht wissen. Mir reichte das Ergebnis.

„Sehr gut. Und während du das recherchierst, können Lissi und Annika noch einmal die Museumsangestellten befragen. Ihr Charme lockt vielleicht mehr aus denen heraus als der Dörrobst-Charm unserer Polizisten."

Irgendwie hat mich diese Besprechung wieder aufgebaut. Allein in meinem Zimmer genehmige ich mir einen Sherry. Ein Hüsteln schreckt mich auf.

„Aber Chef, Alkohol im Dienst?"

„Annika, du wirst mich doch nicht verpetzen?"

„Nur, wenn Sie mir auch einen geben."

Und so saßen wir im nächsten Augenblick friedlich nebeneinander, beide mit einem Gläschen Sherry.

„Übrigens, ich sag einfach ‚du' zu dir. Ich hoffe, das ist dir recht. Dann solltest du aber auch zu mir ‚du' sagen, ich heiße Hans."

„Weiß ich, Chef. Mach dir keine Sorge, du kannst zu mir weiter ‚du' sagen. Hier im Haus bist du wohl der einzige Mann, der mir das Du anbietet ohne mich anbaggern zu wollen."

„Es ist schon eine Last, schön zu sein."

Das klang forsch, aber innerlich musste ich schlucken. Natürlich wollte ich sie nicht anbaggern. Aber so selbstverständlich aufs Altenteil geschoben zu werden, nur weil man kaum 50 ist, das schmerzt doch ein wenig. ‚Wenn man einer schönen Frau Komplimente machen kann, ohne dass sie rot wird, dann ist man alt.' Wer hatte das gesagt? Diese Annika schien sich ihrer Wirkung auf Männer sehr bewusst zu sein.

Lissi stand in der Tür.

„Störe ich?"

„Nein, komm herein."

„Sehe ich da meinen Chef mit seiner Praktikantin beim Verbrüderungstrunk?"

„Lissi, du wirst uns doch nicht verpetzen?"

„Nur, wenn Du mir auch einen gibst."

So saßen wir nun zu dritt bei unserem Sherry. Irgendwie war es schön. Doch ich spürte, mein Alter war auch mein Handicap. Man müsste noch mal ... Es ist schon schwer, der Chef so schöner Frauen zu sein. Man muss so widerlich brav sein. Nun denn.

Noch am gleichen Tag besorgten sich meine beiden Damen eine Liste aller Museumsangestellten und am nächsten rückten sie aus: Feldbefragung.

„Herr Grün. Danke, dass Sie mit uns reden. Aber wir wollen noch einmal alles genau erfragen, vielleicht wurde bei der ersten Befragung etwas überhört oder übersehen. Aber nun zu Ihnen. Wie sind Sie mit Ihrem Job hier zufrieden?"

„Ich weiß nicht, was das mit dem Diebstahl zu tun hat. Natürlich bin ich sehr zufrieden."

„Das hören wir gerne. Und – Sie sind verheiratet?"

„Ja. – Noch einmal, was ...“

„Gehört Ihnen der dunkelblaue BMW unten?“

„Ja.“ Herr Grün resignierte. Die Damen wollten sich wohl nur mit ihm unterhalten.

„Klasse Auto. So einen wünsch ich mir auch. – Äh, ist der sehr teuer?“

„Neu ja, aber ich habe ihn gebraucht von meinem Schwager gekauft.“

„Ja, ja, für das Gehalt eines Museumsangestellten ist er neu sicher zu teuer. Da wäre ein kleines Zubrot doch ganz angenehm?“

„Sie wollen mich doch wohl nicht mit dem Diebstahl in Verbindung bringen?“ Herr Grün war sichtbar entrüstet. Jetzt kam der Augenblick, an dem Lissi ihren Charme spielen ließ. Sie legte ihre Hand auf seine, sah ihm fest in die Augen:

„Gott behüte, Herr Grün. Aber sehen Sie, Neider können ganz schnell da eine Verbindung herstellen, auch wenn nichts daran wahr ist. Deshalb ist uns so daran gelegen, von Ihnen auch die kleinste Kleinigkeit zu erfahren. Verstehen Sie?“

„Ja, was wollen Sie wissen. Bei dem Besuch des Herrn Meiner war ich auch zugegen. Und als er sagte, das sei eine Fälschung, traf mich fast der Schlag. Unserem Museum geht es nicht gerade glänzend, und jetzt das.“

„Ja, das wissen wir. Aber jetzt denken Sie bitte einmal eine Woche zurück. Ist Ihnen da irgendetwas aufgefallen?"

„Eine Woche vor dem Besuch? – Da muss ich nachdenken. – Ja, da war ein Journalist, der wollte eine Reportage über unser Museum schreiben. Aber am meisten interessierte den unsere Abteilung über naive Kunst aus dieser Gegend, Bauernmalerei und so. Eigentümlich ist nur, wenn ich so zurückdenke, dass ich seither noch keinen Artikel über unser Museum gelesen habe. Ich will gerne einmal bei einigen Zeitschriften herumhören, ob die einen solchen Artikel kennen."

Wie erwartet sollte sich bald zeigen: Dieser Artikel ist nirgendwo erschienen. Meine Damen aber fragten weiter:

„Können Sie uns diesen Journalisten einmal beschreiben?"

Herr Grün versuchte es, aber seine Beschreibung passte zu Millionen anderer Männer in Deutschland. Weitere Angaben konnte er keine machen.

„Haben Sie ganz herzlichen Dank für Ihre Hilfe. Seien Sie versichert, wir werden den Fall aufklären, und dann brauchen Sie auch keine Sorge mehr um neidische Gerüchte haben."

Sehr erleichtert schien Herr Grün nicht zu sein. Für Lissi und Annika war das aber eher ein Zeichen seiner Ehrlichkeit. Als nächstes interviewten sie Frau Medinghoven, eine Frau Anfang der vierzig.

„Frau Medinghoven. Danke, dass Sie mit uns reden. Aber wir müssen noch einmal alles genau von Ihnen hören, vielleicht wurde bei der ersten Befragung etwas überhört. Doch nun zu Ihnen. Wie sind Sie mit Ihrem Job hier zufrieden?"

„Der Job ist schön, die Bezahlung ist miserabel."

„Wem sagen Sie das? Am Ende kassieren immer die Oberen, wir kleinen Mitmachmäuse haben die Arbeit und, wenn es gut geht, zu Weihnachten einen Stollen und einen Weihnachtsstern."

„Aber darüber wollten Sie doch nicht mit mir reden?"

"Warum nicht? Alles ist interessant, erst am Ende sieht man, was davon wichtig war. Wir legen uns da keine Zügel an. Zum Beispiel Ihr Kleid. Es steht Ihnen ausgezeichnet. Ist es ein Modell?"

„Second hand. Ich kenne da in der Kernerstraße einen kleinen Laden, da kaufe ich schon seit langem solche Kleider, die ich mir neu niemals im Leben leisten könnte. Aber wenn die erste Trägerin sie nach zwei, drei Jahren weggibt, dann kommt meine Gelegenheit. Unter uns Frauen kann man darüber sprechen. Meine Figur passt nicht so ganz zu den Konfektionsgrößen, also Kleider von der Stange hängen an mir meisten ziemlich blöde herum. Und die Inhaberin dieses second-hand-Ladens kennt meine Figur und hebt mir immer ein schönes Kleid auf. Man muss eben heute auf sein Äußeres achten."

„Wem sagen Sie das? Also in der Kernerstraße ist der Laden?"
Annika fragte nach, und angesichts ihrer zierlichen Figur bestand
kein Konkurrenzverdacht. Frau Medinghoven war eine große, etwas
knochige Frau, deren Breite einen unwillkürlich an Ringen als ihre
Sportart denken ließ. Dazu trug sie großformatigen Modeschmuck.

„Trotzdem sieht Ihr Kleid nicht billig aus. Ein kleiner Zuverdienst
würde da doch gewiss nicht schaden?"

„Woher wissen Sie?" Frau Medinghoven wirkte wie ertappt.

„Wir sind nicht die Polizei. Wir wissen fast alles. Nur bei dem Diebstahl sehen wir noch einige dunkle Stellen, die dringend Licht brauchen. Aber erzählen Sie uns doch von Ihren Nebeneinkünften." Lissi
sah ostentativ nach der Tür, damit sie auf keinen Fall jemand
belauschen würde.

„Aber es muss unter uns bleiben!"

„Selbstverständlich. Doch jetzt spannen Sie uns bitte nicht auf die
Folter."

Und Frau Medinghoven erzählte von einem Klub in der Nachbar-
stadt, wo sie einmal in der Woche als Ringerin auftrat, na ja, nicht
allzu sehr bekleidet, und im Publikum saßen fast nur ältere Männer,
die jungen Frauen eben beim Ringen zusahen. Figürlich sah sie
doch noch recht jung aus, wie die Damen wohl bestätigen würden.
Und als Höhepunkt der Saison durften die Damen dann nicht auf
einer Matte miteinander ringen, sondern in einem Schlammbecken,

wofür es dann auch immer eine Sondergage gab. Aber bitte, bitte, kein Wort zu meinen Kollegen. Selbst vor jedem Auftritt schaue ich mir das Publikum genau an, ob nicht ein Bekannter darinsitzt, dann trete ich nicht auf."

„Das erklärt auch Ihre sportliche Figur." Lissi fand doch immer die rechten Worte. „Man muss eben sehen, wo die Gröschelchen herkommen, nicht wahr. - Doch wollen wir auch noch etwas wissen über den Kunstdiebstahl."

Und Frau Medinghoven wiederholte lang und breit, was bisher alle Angestellten erzählt hatten, von der Ankunft des Herrn Meiner bis zu ihrem Entsetzen, dass so etwas in ihrem Museum geschehen war.

„Aber jetzt denken Sie bitte einmal eine Woche zurück. Ist Ihnen da irgendetwas aufgefallen?"

„Eine Woche früher? – Nein, da ist mir nichts aufgefallen."

„War da nicht ein Journalist im Museum, der einen Artikel schreiben wollte?"

„Ja, jetzt wo Sie es sagen, fällt es mir auch wieder ein. Da war so einer."

„Und wie sah der aus?"

Der Mann musste ein Allerweltsgesicht haben, denn auch die Beschreibung der Frau Medinghoven gab nicht den geringsten Anhaltspunkt zu seinem konkreten Aussehen.

„Haben Sie den Artikel einmal in der Zeitung gelesen?"

„Nein. In welcher ist er denn erschienen?"

„Wir glauben, er ist nie erschienen. Dieser Journalist war wohl einer der Diebe, der die Örtlichkeit auskundschaftete."

„O Je! – Dann haben wir alle den Dieb gesehen und niemand hat etwas bemerkt?"

„So ist es. Aber haben Sie ganz herzlichen Dank für Ihre Hilfe. Und Ihr kleines Geheimnis, Annika, weißt du noch, um was es da ging?"

„Muss mir gänzlich entfallen sein."

Auch die nächsten Befragungen brachten keine neuen Einsichten. Einer der Diebe hatte den Ort als Journalist ausgespäht. Wir wissen nicht, was er gefunden hat. Doch deutete alles auf professionelle Kunstdiebe hin. Amateure stellen sich ungeschickter an. Der Meinung war auch Martin Grabe, dem ich gleich nach unserer Teambesprechung von dem Späh-Reporter berichtete. Jetzt würden seine Leute noch einmal das Museum heimsuchen, mit vielen Angestellten ein Phantombild des Journalisten erstellen, um schließlich angesichts der Fülle der Varianten diesen Pfad wieder zu verlassen, Polizeiarbeit eben.

Als Letzte befragten meine Damen noch eine junge Raumpflegerin, eine Frau Görösch. Auch ohne Kopftuch sah man ihr die türkische Herkunft an, aber auch, dass sie eine schöne Frau ist. Warum muss so eine schöne Frau im Museum putzen?

„Wollen Sie von mir wissen, ob ich Bild gestohlen?"

„Und, haben Sie?"

„Lustig. Dann brauche ich aber nicht mehr zu putzen, was, und dann ziehe ich weg aus der Stadt, wo alle Jungen hinter mir her pfeifen, und dann ist mein Mann eiferig und schimpft mich. Dann ziehe ich in kleines Dorf, wie ich es aus Anatolien kenne. Leute kennen sich, helfen sich. Aber habe Bild nicht gestohlen. Wie schade."

„Und hier im Museum, werden Sie da auch belästigt?"

„Herr Grün macht manchmal blöde Sätze zu meiner Figur. Aber ich will mich nicht verstecken, Sie verstehen? Dann kann ich in Anatolien bleiben. Will schön sein, aber für Freude, nicht für Gier. Und die Männer an Ausgang, das sind blöde Rassisten, die sehen nur die Türkin, die kann kein Deutsch. Aber die Männer können nicht denken. Wenn die da sind, gehe ich immer durch die Hintertür."

„Es gibt also einen zweiten Eingang in dieses Museum?"

„Jedes Haus hat zweiten Eingang. Wenn vorne Polizei kommt, gehst du hinten raus."

„Nun denken Sie einmal genau nach. Ist Ihnen bei dieser Hintertür etwa eine Woche, bevor der Diebstahl entdeckt wurde, etwas aufgefallen?"

„Stimmt. Woche davor war einmal die Hintertür nicht verschlossen. Habe sie dann zugemacht. Sollen sie nicht benutzen, ist nur für Feuer. Aber damals war Tür nicht verschlossen. Woher wissen Sie?"

„Wir wissen es nicht. Aber wir denken, eine kluge Frau wie Sie sieht viel mehr als die anderen. Wenn niemand Sie fragt, vergessen sie es wieder, aber nun ist es Ihnen wieder eingefallen. Sie haben uns sehr geholfen. Und was den Herrn Grün angeht, so unter uns Frauen, der fühlt sich als Mann ganz klein, deshalb macht er Ihnen Bemerkungen, und deshalb fährt er so ein großes Auto. Er verdient nicht Ihren Zorn, er verdient Ihr Mitleid."

„Meinen Sie?"

„Ganz sicher."

Die Befragungen hatten nicht viel gebracht, dagegen platzte Frederik fast vor Neuigkeiten, und sobald wir alle unseren Kaffee hatten und auch Annika ihm ihre Aufmerksamkeit schenkte, sprudelte es aus ihm heraus:

„Leute, wir haben einen Verdächtigen, den Herrn Junis, Immobilienmanager. Also nachweisen können wir dem rein gar nichts, weniger als gar nichts, es reicht nicht einmal für eine schnöde Hausdurch-suchung, wovon ich sowieso abraten würde. Er sammelt Kunst-werke, aber das ist keine Überraschung, doch ihm kann man keine Fälschung andrehen. Denn sein Freund ist Professor Loiner, ihr wisst, dieser Kunstpapst. Der macht sicher nichts Kriminelles, aber Loiner wird schon darauf achten, dass niemand seinem Spezi eine Fälschung andreht. Wo der die Kunstwerke her hat, das wird dem Professorchen gleichgültig sein. Wenn wir ihn fragen, geht er selbst-verständlich davon aus, dass Junis sie ordentlich gekauft hat. Und Loiners Urteil in Fragen der Echtheit der Werke ist todsicher. Viel-leicht können wir bei dem einhaken?"

„Oder wir machen diesem Junis Druck."

„Und wie?"

„Wir bieten ihm unsere Fälschung an, ganz hinten herum natürlich. Wenn er die ‚Schlafende' nicht hat, dann könnte er auf unser Ange-bot eingehen. Wir geben sie ihm zur Prüfung. Wenn dann Loiner das Bild geprüft und es als Fälschung entlarvt hat, dann wird Junis uns unser Bild zurückgeben, er hat kein Interesse daran. Hat er die ‚Schlafende' aber, dann weiß er von vorneherein, dass wir ihm eine Fälschung anbieten. Er wird unser Angebot ignorieren, unter Umständen sogar die Polizei informieren. Wenn er der Polizei das richtige Maß an Entrüstung zeigt, dann schließt ihn das aus dem Kreis der Verdächtigen aus."

„Aber er kann nicht einfach zur Polizei gehen und sagen, da hat mir jemand ein Bild angeboten, ich glaube, das ist gestohlen. Die werden sich erst bewegen, wenn er das Angebot glaubhaft machen kann."

„In der Tat. Ob er es annehmen wird oder nicht, er muss von der Ernsthaftigkeit unseres Angebotes überzeugt sein. Gleichzeitig darf nichts unter die Augen der Polizei geraten, das auf uns hinweisen könnte."

Für solche und ähnliche Zwecke benutze ich ein Fotopapier, das nur schwach fixiert ist. Ohne weitere Fixierung wird das Papier bei Licht sofort belichtet und man kann nichts mehr lesen, mit ordentlicher Fixierung bleibt das Bild viele Jahre lang erhalten. Manche Fotos sind schon Jahrzehnte alt und immer noch deutlich wie am Tag, als sie aus der Dunkelkammer kamen. Mein schwach fixiertes Papier steckt immer in einem schwarzen Briefumschlag, der es vor jedem Außenlicht schützt. Wenn man es herausnimmt, dann ist es bei normalem Tageslicht etwa eine Stunde lang lesbar, mit etwas Glück auch zwei Stunden, aber danach ist es überbelichtet und der Bildinhalt verschwindet. Auch ein gutes Labor dürfte Mühe haben, das Bild wieder herzustellen. Und ehe ein Brief auf solchem Papier in ein Labor wandert, wollen ihn unzählige Augen sehen, und jedes Mal bekommt er eine neue Dosis Licht.

Solches Papier benutzte ich, um Herrn Junis einen anonymen Brief zu schreiben. Ich biete ihm die ‚Schlafende' von Meiner für

2 000 000 € an. Wenn er auf das Angebot eingehen möchte, dann soll er in der Frankfurter Allgemeinen eine Immobilienanzeige inserieren für eine Beteiligung an einem Großbauprojekt in Olpe, erwartete Beteiligungssumme 1 990 000 €. Nach diesem Inserat würden wir wieder auf ihn zu kommen.

Um jedem Verdacht zuvorzukommen, informierte ich Martin Grabe davon, dass ich jemandem das gesuchte Bild anbieten werde. Bei Erfolg unserer Finte würde er mehr erfahren. Zum Glück spielte Martin mit.

Nun hieß es warten. Vorerst geschah nichts. Von Grabe erfuhr ich nur, es habe einen anonymen Anruf bei der Polizei gegeben, dass kriminelle Elemente versuchen würden, ihr Geschäft auf den Diebstahl aufzusatteln. Aber man konnte den Anruf nicht zurückverfolgen. Deshalb hatte man diese Spur fallen lassen.

Annika lernte nun, wie der größte Teil unserer Arbeit aus Abwarten und tödlicher Routine besteht. Nach dem Trick mit dem Fotopapier, war ich in ihrem Ansehen gestiegen, doch nicht so hoch wie ein junger Mann in unserem Team.

Frederik hatte inzwischen einen verstohlenen Blick in das Konto des Herrn Junis geworfen. Wenn der das Bild hat, dann hatte er 2,5 Millionen dafür bezahlt, 0,5 Millionen als Anzahlung und weitere 2 Millionen bei Lieferung. Das Geld wurde jeweils auf ein Konto der ‚Paris Bas' in Luxemburg überwiesen. Da dürfte es bis auf Weiteres sicher sein, denn ohne Anhaltspunkte für einen realistischen Tatverdacht hat unsere Polizei keinen Einblick in dieses Konto. Wie gut, dass Frederik nicht Polizist ist. Dafür ist er bei Annika der King. Frederik und sein Computer, das ist Sexappeal pur.

Es war nur ein Nummernkonto. Wem mochte es gehören? Doch nun hatten wir einen Anhaltspunkt, wo wir hinschauen könnten. Zu gegebener Zeit würden wir die Zweigstelle der Bank in der Stadt Luxemburg beobachten. Dies war auch unsere einzige Spur. Von den Museumsangestellten hatte bisher niemand einen größeren Geldbetrag erhalten. Sollte doch jemand aus dem Museum beteiligt sein, so zeigt uns das: Die Diebe sind Profis, die sich Zeit lassen können.

Für uns stellten sich momentan nur drei leichte Fragen: Ist das Bild selbst noch in Deutschland? Wie bekommen wir es zurück? Wie bekommen wir die 2 Millionen zurück, die unsere Gesellschaft für eine Fälschung ausgegeben hat?

Von meinem Freund August ließ ich eine hochgenaue Kopie des Bildes malen. Die sollte uns im Weiteren helfen. Dazu überlegten wir, ob es nicht irgendetwas in dem Bild geben könnte, das seine Echtheit zweifelsfrei beweisen würde. Woran soll man Kopie und Original unterscheiden können; die Löchlein waren doch eher ein Zufallsfund.

Frederik erstellte nun eine Legende des Bildes ‚die Schlafende'. Er erwähnte zwei Versuche, dieses Bild zu fälschen, versteckte einige wissenschaftliche Artikel im Internet, die beschrieben, wie man den Fälschungen auf die Spur gekommen ist und wie man das echte Bild erkennen kann. Dieses Bild hat nämlich eine Besonderheit. Nach über einem Jahr erschien in der Fachpresse ein Artikel, der wie eine Granate einschlug: Als hätte der Maler geahnt, dass man sein Bild eines Tages fälschen könnte, hatte er einem Freund geschrieben, er habe einen zusätzlichen Schutz gegen Fälschungen in seinen Bildern angebracht. Er hatte sein Monogramm unter die sichtbare Schicht des Bildes gemalt. Das funktioniert wie ein Wasserzeichen, man kann es nur in starkem Gegenlicht sehen. Doch dann sieht man in der rechten unteren Ecke ein „M" durchscheinen, das man bei normalem Licht nicht sehen kann. Daran kann man zweifelsfrei das Original von jeder Kopie unterscheiden. Ich hatte August von dieser Untermalung erzählt, und so ist nach dieser Legende unser Bild das echte. Weil der Maler Meiner inzwischen gestorben ist, kann er diese Nachricht nicht mehr dementieren, ja sein unerwartet schnelles Erkennen der Fälschung wirft nun noch ein warmes Licht der Wahrheit auf unsere kleine Lüge.

Nach dieser Veröffentlichung erhielt Herr Junis einen weiteren Brief auf Fotopapier mit dem Hinweis, dass man auch uns, den Absendern, dieses Bild verkauft habe, aber das ahne er ja schon. Und nun stelle sich die Frage, welches der beiden Bilder das echte sei. Ein öffentlicher Vergleich sei wohl nicht dienlich. Jedenfalls habe einer von uns für sein Bild zu viel bezahlt. Dazu Andeutungen auf die Zahlung an ein Luxemburger Konto, das Gutachten seines Freundes Loiner, der die jüngste Veröffentlichung vielleicht noch nicht zur Kenntnis genommen hat. Unsere Strategie: Jetzt musste Junis den Kontakt zu den Dieben aufnehmen, sonst war er geleimt. Und dabei würden wir ihn beobachten.

Der Polizei habe ich noch nichts gesagt. Sie hat bisher noch keinen verwertbaren Hinweis gefunden und möchte die Akte schließen. Immerhin war das Bild ja versichert. Das falsche Bild, also das mit den kleinen Löchlein, das haben wir dem Museum gegeben. Dort wird es inzwischen ausgestellt, natürlich mit dem Hinweis, dass dies eine Kopie sei. Wir sind in einem ordentlichen Land. Für das Original hat die Versicherung inzwischen 6 Millionen Euro bezahlt. Unser Direktor war den Tränen nahe. Und auf seine Frage, ob wir den gar nichts besäßen, das ihn trösten könnte, schüttelten wir drei nur unsere Köpfe. Wir sind nämlich wieder nur drei. Annika hat ihr Praktikum beendet. Nach ihrem Studium der Kunstgeschichte möchte sie wahnsinnig gerne zu uns kommen, wenn wir dann eine Stelle für sie haben. Doch für eine weitere Stelle brauchen wir Erfolge, und zwar solche, die eine Personalaufstockung rechtfertigen. Für jeden von uns dreien ein Ansporn, noch mehr zu geben. Irgendwie vermissen wir das kleine Quecksilber, auch wenn ihre Lebhaftigkeit gelegentlich anstrengend war.

Der nächste Tag sieht mich bei dem Leiter des Museums, einem Herrn Altmann, einem mittelgroßen, leicht übergewichtigen Mann Anfang der Sechzig, immer in Anzug und immer mit Fliege.

„Herr Bender, bringen Sie mir eine gute Nachricht?"

„Wie man es nimmt. Zuerst einmal möchte ich Ihnen dieses Bild hier übergeben."

Genüsslich enthülle ich unsere Kopie der ‚Schlafenden'. Herrn Altmann scheinen die Augen aus dem Kopf zu quellen.

„Da ist ja unser Bild wieder. Dem Himmel sei Dank."

„Danken Sie nicht zu früh. Dieses Bild wurde uns zugespielt, aber ich kann nicht für seine Echtheit garantieren."

„Aber gab es da nicht eine Veröffentlichung, die sagt, woran man das Original erkennen kann?"

„Die gab es, und die werden wir auch benutzen. Aber ich bitte Sie dringend, noch zwei Wochen mit der Untersuchung zu warten. Wenn dieses Bild sich als unecht erweist, dann möchten wir vorbereitet sein, bald auch das echte Gemälde in unsere Hand zu bekommen."

„Aber die Öffentlichkeit hat ein Recht ..."

„Hat sie, aber das hat sie auch noch in zwei Wochen. Übereiltes Handeln könnte aber jede Chance verderben, und dann müsste unsere Versicherung ihre Erstattung zurückfordern. Sie würde dann argumentieren, dass der endgültige Verlust des Gemäldes auf einen Fehler ihres Museums zurückzuführen sei. Wir verstehen uns. In spätestens zwei Wochen werden wir das Bild mit großer Presse auf seine Echtheit untersuchen, danach können Sie es dann gerne ausstellen, sei es als Original, sei es als eine weitere Spitzenfälschung."

Ich verließ einen verdatterten Museumdirektor. Da hatte er das schöne Bild wieder und durfte es nicht einmal ausstellen. Wenn Professor Loiner den Museumsdirektor nach dem Bild fragen würde, ich war mir sicher, er würde sich verplappern. Und genau dazu hatte ich ihm das falsche Bild gebracht.

Nach zwei Tagen erhielt Herr Junis den dritten Fotobrief. Wir fragten, ob er noch immer glaube, einen echten Meiner zu besitzen. Dazu erlaubten wir uns kleinere Anspielungen zu dem Preis seines Bildes und dem Vorgehen, alles recht vage, aber wenn einer ein schlechtes Gewissen hat, dann reicht eine ungenaue Darstellung, um ihm höchst präzise Kopfschmerzen zu bereiten. Das musste ihn aufschrecken.

Seitdem beobachten wir sein Haus mit einem Richtmikrofon von einem Nachbarhaus aus. Der Empfang ist zwar nicht gut, aber näher wollen wir nicht heran, er könnte uns versehentlich bemerken.

Hat er die Diebe angerufen? Nach zwei Tagen fährt abends bei seinem Haus ein Audi Q3 vor. Natürlich schwarz. Gangsterautos sind immer schwarz, schon damit man sie im Film als solche erkennen kann. Zwei Männer steigen aus, gehen zu seinem Haus. Wenig später flammt das Licht in seinem Arbeitszimmer auf. Jetzt müssen wir genau hinhören. Leider sind aber nur wenige Bruchstücke zu verstehen. Der Lärm der Umgebung ist zu hoch, die Entfernung zu weit, unsere Anlage zu schwach. Was weiß ich.

„... Kopie ... dieses Bild ist echt ... wieso ... keinen Buchstaben ... nicht zurückge ... haben doch ... zusammen ... jeden Fall... vorsichtig... „

Dann gehen die Männer wieder. Wir rekonstruieren den Text. Es gibt mehrere Möglichkeiten. Ich entscheide mich für diese:

„... Das Bild ist eine Kopie. – Nein, dieses Bild ist echt. - Und wieso hat es dann in der rechten Ecke keinen Buchstaben? ..... Ich kann doch das Gemälde nicht einfach zurückgeben. - Wir haben doch die Sache zusammen durchgeführt, nun führen wir sie auch zusammen zu Ende. – Auf jeden Fall gilt es, vorsichtig zu sein.“

Wir wissen genug. Unser nächster Brief geht an den Gutachter von Junis, den Herrn Professor Loiner. Wir deuten an, wir würden vermuten, dass sich der gute Herr Junis mit Dieben zusammengetan hat. Die hätten ihm die 'Schlafende' für 2,5 Millionen Euro ‚besorgt'. Wenn das an die Öffentlichkeit gelange, dann sei auch der gute Ruf des Herrn Professor in Gefahr. Bei so einem Bild hätte er schon fragen müssen, wie es in den Besitz des Sammlers gekommen sei, spätestens nach den Pressemitteilungen von dem Diebstahl sei das unumgänglich gewesen. Meine Lieben wollten noch etwas mehr schreiben, aber meine Devise ist: Nie übertreiben, immer schön cool bleiben.

Wir liegen noch immer auf der Lauer, hören immer noch zu wenig. Aber als es zu der Aussprache zwischen Junis und Loiner kommt, glühen unsere Ohren:

„Reputation ... nicht mit mir um ... ist echt ... lügt ... geschiedene Leute..."

Der Professor verlässt das Haus. Wenn der nicht stinksauer ist. Aber wir scheinen nicht die einzigen zu sein, die ihn im Blick haben. Kaum ist er auf der Straße, verfolgt ihn ein schwarzer Audi Q3. In seinem aufgeregten Zustand scheint er es nicht einmal zu bemerken. Das haben wir nicht erwartet. Mich beschleicht ein ungutes Gefühl. Diebstahl ist eines, dem kann ich ruhig zuschauen, Mord ist etwas anderes. Sofort rufe ich den Polizisten Martin Grabe an und erzähle ihm, nach meiner Meinung drohe dem Professor Loiner Gefahr, ja dem berühmten Gutachter. Der habe soeben Herrn Junis besucht. Martin verspricht, sofort nachsehen zu lassen. Hoffentlich kommt er nicht zu spät.

Wenig später findet die Polizei den Professor Loiner zusammengeschlagen. Man bringt ihn ins nächste Krankenhaus, Zum Glück sind keine edlen Teile verletzt. Das scheint gerade noch gut gegangen zu sein.

Ich besuche Professor Loiner im Krankenhaus.

„Mein Name ist Bender, Hans Bender. Was uns verbindet, wir interessieren uns beide für das Gemälde ‚die Schlafende' von Meiner. Das wurde vor einem Jahr gestohlen, und inzwischen glaubt das Museum, es wieder erhalten zu haben. Aber ich habe da meine Zweifel."

„Und was habe ich damit zu tun?"

„Ich glaube, sehr viel. Ohne Ihr Interesse an diesem Bild lägen Sie jetzt nicht hier."

„Woher wollen Sie das wissen?"

„Ich bin nicht von der Polizei. Ich habe meine eigenen Quellen. Und die flüstern: Da kamen zwei böse Männer in einem schwarzen Auto und haben den armen Herrn Loiner verprügelt. Unfein das. Und alles nur wegen so einem Bild, das obendrein nicht echt ist."

Auf die bösen Männer geht er gar nicht ein. Treffer. Aber auf den Vorwurf, das von ihm begutachtete Bild sei nicht echt.

„Und wieso soll es nicht echt sein?"

„Es fehlt die Untermalung mit einem ‚M' in der rechten unteren Ecke."

„Das ist doch Blödsinn. Warum sollte ein Maler sich so etwas ausdenken. Sicher nicht der Meiner. Sehen Sie, Herr Bender, wenn die Bilder eines Malers gefälscht werden, dann steigen die Originale in ihrem Preis. Da kann kein vernünftiger Maler etwas gegen Fälschungen haben. Wer nicht einmal kopiert wird, der ist es auch nicht wert. Und da soll der gute Meiner so eine ausgetüftelte Strategie angewandt haben. Das ist doch ein Witz. Das Museum hat natürlich das Bild mit der Untermalung?"

„Ja."

„Dachte ich mir. Da hat jemand das Museum gleich zweimal hereingelegt. Was mögen die wohl für das neue ‚Original' bezahlt haben." Er sprach das Wort ‚Original' aus, als sei es eine Fäkalie.

„Ich weiß nicht, was die bezahlt haben. Aber es wird Zeit, dass die ganze Sache aufgeklärt wird. Und dazu sollten Sie mit der Polizei zusammenarbeiten."

„Ich? Mit der Polizei? Glauben Sie mir, Herr Bender, da habe ich Besseres zu tun."

„Immerhin hat die Polizei sie gerettet."

„Immerhin bezahle ich Steuern."

Da war nichts zu machen. Professor Loiner würde nicht mit der Polizei zusammenarbeiten. Hatte ich in diesem Gespräch genug gehört? Ich rief Martin Grabe an und erzählte ihm von meinem Besuch bei dem verletzten Professor, seiner Weigerung mit der Polizei zusammen zu arbeiten, meinem Verdacht, dass Loiner und auch sein Freund Junis mehr über den Verbleib der ‚Schlafenden' wissen, als sie zugeben. Sage keiner, wir seien der Polizei kein Freund und Helfer. Woher ich meine Vermutungen hatte, das brauchte er nicht zu wissen. Aber nach diesem Vorfall muss er die Untersuchung wieder aufnehmen.

Irgendwie kommt aber auch mein Team nur sehr zäh voran. Junis bekommt noch einen kurzen Fotobrief: ‚So geht es einem, der nicht mitspielt. Sie stecken schon zu sehr in der Sache drin. Nun heißt es: Mitspielen oder untergehen. Sie haben auch den schwarzen Audi nicht gesehen, der Ihren Freund beschattet hat? Sie werden auch nicht sehen, wer Sie beschattet.'

Das reichte. Junis war ein Dieb, aber kein Selbstmörder. Nun schien er Angst zu bekommen. Über einen Anwalt ließ er das Gemälde an das Museum zurückgeben. Alles geschah in aller Stille. Auch die Polizei bekam nichts davon mit. Meine Versicherungsgesellschaft bekam ihre 6 Millionen zurück. Nur wegen der 2 Millionen Verlust als Lösegeld für eine Fälschung fand man es nicht nötig, uns eine Erfolgsprämie zu zahlen. Das Museum hatte unsere Fälschung noch nicht ausgestellt. So konnte es das Original der Öffentlichkeit präsentieren. Und die Polizei versäumte nicht darzulegen, mit der Rückgabe der ‚Schlafenden' sei der Fall ja abgeschlossen. Akte zu, alle zufrieden.

Wir im Team waren aber sehr stolz auf unseren Erfolg. Doch auf unsere knauserige Versicherungsgesellschaft waren wir zornig, auf die Diebe sogar wütend. Von denen wollten wir noch 2 Millionen zurückhaben. Das Kennzeichen des Audi führte zu nichts. Blieben noch die Fotos, die wir von den beiden Männern gemacht hatten. Aber wegen der großen Entfernung waren die Männer nur unscharf zu sehen. Hätten wir doch ein Teleobjektiv benutzt. Aber ein dickes Objektiv vergrößert die Chance, entdeckt zu werden. Wir waren einfach sauer. Das Einzige, das ich bei meinen Vorgesetzten herauslocken konnte, war, dass wir eine weitere Stelle zugesprochen bekamen für solche aufwendigen Recherchen. Und die haben wir dann postwendend Annika angeboten. Schon in kurzer Zeit, sobald sie ihren Bachelor in Kunstgeschichte bestanden hat, wird sie bei uns als volle Mitarbeiterin anfangen. Ich glaube, Frederik räumt jetzt schon seine Wohnung auf. Ob er auch einen Kochkurs macht?

Monate vergehen. Immer wieder tragen wir zusammen, was wir bereits wissen: Junis und Loiner hängen in den Kunstdiebstählen drin. Beweisen können wir noch nichts, aber wir sind nicht die Polizei. Die Diebe müssen aber nun befürchten, dass Junis zu viel ausgeplaudert hat. Wie erwartet ziehen sie in der nächsten Zeit viel Geld von dem Konto in Luxemburg ab. In diesem Zusammenhang erhält Herr Grün eine Zahlung über 500 €. Da haben wir doch den Türöffner. Wenn ich an den ganzen Preis denke, dann war das Honorar für Herrn Grün zu dürftig. Ob sich damit etwas machen ließ?

Sie ahnen es schon: Auch Herr Grün bekommt einen Fotobrief. Der liest sich so, als habe der Anwalt des anonymen Bildersammlers ihn geschrieben. Sein Türdienst wird darin als bekannt geschildert, aber er erfährt, dass allein für die Kopie 2 Millionen gezahlt wurden, für das Original sogar 3,5 Millionen. Er wurde wohl zu dürftig abgefunden. Wenn er einen guten Anwalt suche, der noch ein wenig für ihn herausholen könnte, dann wisse er, wohin er sich wenden müsse. Herr Grün weiß überhaupt nichts. Er ist nur wütend, dass man ihn mit so wenig abgespeist hat.

Er ahnt nicht einmal, dass wir ihn beschatten und sehen wollen, mit wem er Kontakt aufnimmt. Er sucht sofort den Kontakt zu seinen Auftraggebern, aber er findet niemanden mehr. Die ganze Bande scheint verschwunden zu sein. Herr Grün sucht weiter, fragt nach Namen, Adressen. Eine Adresse kennen wir schon, es ist die des Professor Loiner. Das gibt uns den ersten Hinweis, wer hinter dem Diebstahl stecken könnte: Es ist der Gutachter, der hochangesehene Professor Loiner. Dann war die Schlägerei wohl nur eine Ablenkung oder eine Maßnahme, Druck auf den Sammler auszuüben? Die Sache scheint verworren, aber ganz am Horizont sehe ich nun Licht.

Fred recherchiert alle Gutachten dieses Mannes, die er in den letzten drei Jahren erstellt hat. Bei zweien haben wir den Eindruck, sie könnten falsch sein. Gutachten, um arglose Sammler zu übereilten Käufen zu verlocken. Und jedes Mal sind die Kunden öffentliche Museen. Die sind mit einem positiven Gutachten hoch zufrieden. Es sichert sie vor allen Vorwürfen ab, Steuergelder vergeudet zu haben. Für uns aber kommt jetzt eine schwere Aufgabe. Kein Gutachter möchte das Gutachten eines Kollegen überprüfen, am wenigsten das eines Kunstpapstes. Wir erhalten Absage um

Absage. Auch in unserer Versicherungsgesellschaft weht uns der Wind entgegen. Solche Gutachten sind sehr teuer, und es ist ganz unklar, ob sie etwas erbringen. Mein detektivisches Bauchgefühl ist ein schwaches Argument gegen solche Vorbehalte. Aber dann finden wir doch jemanden. Ein Schweizer Kunsthistoriker, Dr. Fendeli, ist bereit für einen sündhaften Preis sich die beiden Gemälde anzuschauen. Aber der Preis hat sich gelohnt. Wir erhalten zwei sorgfältig begründete Gutachten, dass beide Gemälde Fälschungen sind.

Als diese Gutachten veröffentlicht werden, steht die Kunstwelt Kopf. Was folgt ist ein riesiger Zivilprozess. Die Vorbesitzer der Bilder sind nicht mehr auffindbar, also klagen die geprellten Museen gegen Professor Loiner, auf dessen Gutachten sie sich verlassen haben. Gutachter treten gegen Gutachter an. War die Fälschung schon damals erkennbar? Basieren die beiden Gutachten auf Fahrlässigkeit. Immer wieder kommt auch die Untermalung zur Sprache. Der Museumsdirektor bestätigt, dass das eine Täuschung war, um die Fahndung nach dem gestohlenen Bild voranzubringen. Offensichtlich war es eine erfolgreiche Täuschung. Man stellt die Frage, wer denn diese Kopie gemalt habe. Niemand weiß es. Von mir wird es auch niemand erfahren. Am Ende wird Fahrlässigkeit festgestellt, Professor Loiner soll für den Schaden der Museen haften. Zu seinem Glück ist Loiner gegen solche Vorwürfe versichert, ausgerechnet bei meiner Gesellschaft. Da kann geschehen, was immer einer will, meine Gesellschaft muss zahlen. Das wird die Stimmung der Direktoren sicher nicht erhöhen, nicht gegenüber meiner Abteilung.

Im Auftrag meiner Versicherungsgesellschaft besuche ich wieder den Herrn Loiner. Mein Angebot: Er hilft uns, die Originale wieder zu beschaffen. Im anderen Fall wird meine Versicherung natürlich bezahlen, aber das kann lange dauern. So völlig klar ist es ja nicht, ob Loiner genau gegen diesen Schaden versichert ist. Das bedarf sicher einer gerichtlichen Klärung, und die wird sich hinziehen. Dazu wird der Versicherungsvertrag gekündigt. Und nachher werden wir uns erneut seine Gutachten vornehmen. Es wäre schon seltsam, wenn wir nicht noch einen weiteren Fall fänden. Als ich ihm diese Strategie erklärte, fühlte ich mich wie ein Schwein. Alle Vorurteile über hinterlistiges Verhalten von Versicherungsgesellschaften werden durch mich bestätigt. Aber es nutzt nichts. Wir brauchen die Originale, und dazu brauchen wir Loiners Hilfe.

In den nächsten Wochen stellt uns Professor Loiner scheinbar sein ganzes Fachwissen zur Verfügung. Wir erhalten viele Namen von Sammlern, die in solche Geschäfte verwickelt sein könnten, Kunstsammler, Museumsleiter oder einfache Hehler. Alle werden überprüft. Die meisten sind sauber, an ihren Geschäften ist nichts auszusetzen. 7 Namen bleiben übrig, 3 der Genannten haben eine Vorliebe für Audi-Fahrzeuge. Denen müssen wir jetzt auf die Finger klopfen. Wir suchen nicht nur die Originalbilder, wir fahnden auch nach dem Rest der 2 Millionen Euro.

Wieder vergeht viel Zeit. Seit einer Woche gehört nun Annika wieder zu unserem Team, dieses Mal aber nicht als Praktikantin, sondern mit einem ordentlichen Anstellungsvertrag. Weil sie noch so herrlich jung ist, setzen wir sie auf die Verdächtigen an. Sie gibt vor, für den Sozialkundeunterricht ihrer Klasse 13 ein Projekt zu gestalten über die „Deutsche Außenpolitik". Die aufgeweckte Schülerin, das ist für sie fast eine Traumrolle. Dazu muss sie sehr viele Leute befragen. Und sie fragt munter drauf los. Was sie einzig interessiert: Wie reagieren die Befragten auf „Luxemburg".

Einer der dreien war noch nie in Luxemburg. Er kennt nur einen Luxemburger, diesen EU-Mann, diesen Junker, so heißt er doch?

Der zweite hat eine Tante, die wohnt in Echternach. Dort besucht er sie regelmäßig. Ja, Luxemburg findet er schön.

Der dritte schließlich, ein Herr Droite, weiß, dass reiche Leute in Luxemburg Steuern sparen können. Die Banken dort sollen sehr diskret sein. Aber Genaues weiß er nicht. Schon so viel wollte er gar nicht erzählen, aber die junge Frau himmelt ihn so herzerfrischend an, und er ist auch nur ein Mann. Nur als er sie zu einem Kaffee einladen will, wird sie überraschend spröde. Na, dann eben nicht.

Wir untersuchen das Umfeld des ersten Befragten. Aber alles ist stimmig. Der macht alle seine Geschäfte in Deutschland. Wir überprüfen ebenso die Tante in Echternach. Das stimmt alles, was ihr Neffe gesagt hatte.

„Der Junge kommt mich ganz regelmäßig besuchen. Na ja, er will mich wohl in Zukunft beerben. Hoffen wir, dass dann noch etwas da ist. Die Pflegekosten heute sind exorbitant." Wir finden keinen Hinweis auf irgendwelche Bankgeschichten.

Wir einigen uns darauf, bei Herrn Droite anzusetzen.

„Wie spricht man den eigentlich aus, Dreute oder Droat?"

Annika sagt: „Droa, französisch."

Nun wird Herr Droite von uns beobachtet, was sich dank moderner Elektronik erstaunlich leicht machen lässt. Etwa nach vier Monaten fährt er wieder einmal nach Luxemburg, in einem dunklen Mietwagen, einem Audi Q3, wohl seinem Lieblingsauto. Wir fahren hinter ihm her, sehen, wie er in der Stadt Luxemburg einige Banken und Geschäfte besucht, ehe er sich wieder auf den Heimweg macht. Lissi und ich halten ihn kurz vor der deutschen Grenze an, geben uns als deutsche Polizisten aus, durchsuchen seinen Wagen und finden 60 000 € Bargeld. Er weiß, dass wir als deutsche Polizisten im Ausland keinerlei Befugnisse haben.

„Was wollen Sie. Es ist nicht verboten Bargeld mit sich zu führen. Und jetzt sollten Sie mich weiterfahren lassen."

„Natürlich ist das nicht verboten. Aber was wir hier machen, ist etwas illegal. Wir haben hier in Luxemburg keinerlei Polizeivollmacht. Aber wir haben hier die Chance, unser mickeriges Gehalt etwas aufzubessern, wenn Sie verstehen."

„Wollen Sie mich berauben?"

„Wo denken Sie hin. Wir wollen nur das Geld wiederbekommen, das Sie einem unserer Freunde abgenommen haben?"

„Und das wären?"

„2 000 000 €."

„Nicht gerade wenig. Und ich soll das jemandem abgenommen haben?"

Und nun erzählen wir, was geschehen ist. Scheinbar wissen wir längst alles, es fehlen nur die Beweise, um es auf dem Gerichtsweg zu erledigen.

„Also müssen wir den außergerichtlichen Weg beschreiten. Deshalb hier unser Angebot: Sie besorgen uns den Rest der 2 Millionen und wir schweigen. Die 60 Tausend hier nehmen wir schon einmal als Anzahlung." Dass Herr Droite über dieses Treffen reden wird, brauchen wir nicht zu befürchten, auch unser Polizeispiel scheint völlig sicher. Im Zweifelsfall würde man ihn um eine Beschreibung der falschen Polizisten bitten. Was kann er sagen: Ein Mann und eine Frau. Eine genaue Angabe kann er aber nur zu der Oberweite der Polizistin machen. Das reicht nicht für eine Fahndung.

„Und was ist, wenn ich nicht mitspiele?"

„Lieber Herr Droite. Wie Sie sehen, tragen wir beide Handschuhe. Man wird keine Fingerabdrücke von uns finden, wir waren also niemals hier. Zufällig werden wir demnächst bei irgendeiner Routine auf Ihren Namen stoßen, die Kollegen werden alles bei Ihnen durchsuchen, und sie werden auch das Konto finden. Die wissen längst, wo es ist. Dann fahren Sie in den Bau. Ihr Geld sind Sie ebenfalls los, und bleiben auf dem Rest der Schulden sitzen. Keine schöne Zukunftsaussicht."

Cleverle willigt ein. Wahrscheinlich plant er schon, wie er uns übers Ohr hauen kann. Nur die 2 Millionen hat er nicht mehr, wie wir längst wissen. Im Augenblick kann er uns nur 820 000 € auszahlen, doch dazu muss er wieder zurück zu seiner Luxemburgischen Bank. Besser als nichts. Wir sind damit einverstanden. Die Fahrt geht zurück in die schöne Stadt Luxemburg. Damit Herr Droite uns nicht verloren geht, sitzt Lissi neben ihm. Ich habe ernste Sorgen um seine Fahrtüchtigkeit, wenn er die ganze Zeit so abgelenkt wird. Aber wir erreichen heil und gesund das Bankhaus, Herr Droite bekommt sein Geld, zahlt uns aus, und wir machen, dass wir schnell wieder nach Deutschland kommen, natürlich nicht als Polizisten, sondern als ganz normale Geschäftsleute, die in Luxemburg eine Kleinigkeit zu erledigen hatten und nun mit dem Kleingeld auf der Heimreise sind.

Ob man uns dieses Mal einen Bonus zahlt? Ich habe vorgesorgt. Als meine Gesellschaft die zwei Millionen abgeschrieben hatte, da habe ich meinem Direktor eine Wette vorgeschlagen: Wenn wir innerhalb von zwei Jahren das ganze Geld oder einen Teil davon wieder beschaffen können, sollen wir eine Prämie von 20% erhalten. Hätten wir keinen Erfolg, dann wollten wir auf den nächsten Fallbonus verzichten. Ich musste tatsächlich das hässliche Wort „Misserfolg" in den Mund nehmen, als wenn es bei uns so etwas gäbe. Nun präsentierte ich die 820 000 € und meine Abteilung erhielt 164 000 €, für jeden von uns 41 000 €. Am meisten freute es mich für Annika, die damit eine Rücklage hatte, wenn sie doch einmal wieder studieren wollte, etwa um einen Masterabschluss in Kunstgeschichte zu machen.

Nur ein kleines Problem besteht immer noch: Wo sind die beiden fehlenden Originale? Aber das ist eine andere Geschichte, die will ich ein andermal erzählen.

IV.

Wer sich für Kunst interessiert, der sollte im Rheinland leben, oder in München oder – in Dresden. Dorthin fuhr ich, denn dort hielt der junge Moskauer Professor Levitoff einen Vortrag über das Werk von Dimitri Drakow. Diesen Maler kannte ich vorher auch kaum, doch in der kommenden Zeit sollte sein Werk eine gewisse Rolle in meiner Arbeit spielen. Der Vortrag war sehr gut, und Levitoff sehr arrogant. Im Gespräch nach seinem Vortrag redete er mich mit Doktor Bender an. Ich sagte ihm, dass ich keinen solchen Titel hätte, was ihn zu der Frage veranlasste, wer denn hinter mir stehe, wenn nicht die Wissenschaft.

„Lieber Professor, hinter mir steht das Geld, das sich die Kunstwerke leisten kann und das Wissenschaftler wie Sie finanziert, damit sie über die Reinheit der Kunst wachen können."

Die Antwort schien ihm zu imponieren, denn er lud mich dann ein:

„Kommen Sie heute Abend in das Restaurant des Maritim. Da können wir etwas essen und weiterreden, und ich werde ihnen etwas zeigen. Sagen wir, 20 Uhr?"

Ich war einverstanden und fand mich pünktlich im Maritim ein. Beim Essen sprachen wir lange über Drakow und seine Bilder, die noch kaum jemand kannte, denen er aber eine reiche Zukunft vorhersagte.

„Herr Bender, ich will ihnen etwas zeigen."

Ich war gespannt, was nun kommen würde. Levitoff hatte eine Mappe dabei, in der man Bilder transportieren konnte. Die öffnete er nun und entnahm ihr zwei Bilder, zwei Portraits.

„Nun, was sagen sie? Schöne Bilder. Doch ich frage Sie, welches ist das echte?"

Ich sehe mir beide Bilder an, das Licht im Restaurant ist schlecht, aber es reicht. Ein Portrait zeigt eine bildschöne Frau, aber der Rand des Bildes passt irgendwie nicht zu dieser Frau. Die Frau auf dem anderen Bild ist eher gewöhnlich, von der Art, die manche Maler als Modelle bevorzugen. Doch als Bild ist es vollkommen. Ich nenne es Levitoff als das echte Bild. Mein Ansehen bei ihm steigt. In diesem Licht und ohne Hilfsmittel Bilder beurteilen zu können, das vermochte nicht jeder.

„Herr Bender, sie haben Recht. Das andere Bild ist nachgemalt."

Ich betrachte die angebliche Fälschung noch einmal genauer. Levitoff ahnt nicht einmal, wie Recht er mit seinem Urteil hat. ‚Nachgemalt', das heißt hier nicht ‚abgemalt', sondern ‚später ergänzt'. Zwei Frauen. Das Original stammt aus der Zeit, als Drakow sich von seiner langjährigen Geliebten Olga trennte. Die angebliche Fälschung zeigt die Züge von Olga.

Ich äußere meine Vermutung:

„Professor Levitoff. Auch das andere Bild ist ein echter Drakow, nur nicht ganz. Ich vermute, der gute Dimitri hatte begonnen seine Olga zu malen, da ging ihre Beziehung in die Brüche. Er malte es nicht weiter, aber er warf es auch nicht weg. Stattdessen malte er ein anderes Portrait von irgendeinem Modell. Später hat dann jemand das Bild der Olga im Stil von Drakow versucht zu ergänzen, was ihm aber nicht gelungen ist. Deshalb wirkt dieses Bild irgendwie zusammengeflickt. Aber wenn man die verschiedenen Schichten des Bildes genauer analysiert, dann müsste man auf zwei Entstehungstermine kommen, zwei Altersschichten."

„Sie meinen, das ist auch ein Drakow?"

„Ich meine es. Und bei der Gelegenheit kann man auch etwas klären, wer diese Olga war."

„Das muss man nicht mehr untersuchen. Olga war meine Urgroßmutter."

„Und deshalb haben sie das Bild?"

„Ja, und ich gebe es nicht aus den Händen. Es ist meine Urgroßmutter, und wer immer das Portrait ergänzt hat, er wollte ihre Schönheit in die Zukunft retten."

Er schob beide Bilder wieder in seine Mappe. Den Test hatte ich bestanden. Wie viele Leute mag er schon damit geprüft haben? Er war eben ein Professor. Zurück in Moskau führte er die von mir vorgeschlagenen Untersuchungen durch. Sie bestätigten meine Vermutung. Das Ergebnis veröffentlichte er, aber mich nennt er nicht in seinem Artikel. Er ist eben doch arrogant. Ich aber bin zufrieden, wie alles gelaufen ist. Nun können wir Levitoff benutzen, wenn uns ein Auftrag einmal nach Moskau führen wird. Er ist mir etwas schuldig.

„Und Chef, du bist nicht sauer auf Levitoff?" So konnte nur Annika fragen.

„Nein, ich bin nicht sauer, nicht auf Alexej Levitoff. In unserem Beruf darf man nicht nur den augenblicklichen Erfolg suchen, man muss ebenso Samen aussähen, die erst in der Zukunft aufgehen werden und dann ihre Frucht bringen."

„Merk dir, Annika, sobald du Zeit dazu hast, arbeite an deiner Zukunft. Wenn es einmal ernst wird, hast du nämlich keine Zeit mehr, dich darum zu kümmern."

Es klang wie eine Aufforderung zu ganz anderen Dingen. So drückte sich eben unser Fred aus.

„Aber Fred", das war jetzt Lissi, „das gilt genauso auch für dich. Zukunft muss man heute planen."

Fred wurde rot, denn nun ging ihm der Doppelsinn seiner Bemerkung auf. Lissi aber redete unbeirrt weiter:

„Auch ich muss meine Zukunft vorbereiten. Natürlich warte ich, bis René den ersten Schritt macht, aber dann will ich gut vorbereitet sein."

Hatte ich richtig gehört? Sie erwartete mit René eine gemeinsame Zukunft. Würde sie die mit unserem Team gestalten können?

„Kinder, jetzt nicht so trübsinnig. Wir leben auch in der Gegenwart, und die wollen wir genießen. Annika, du weißt doch, wo er steht, hol doch bitte den Sherry aus meinem Zimmer."

Die Fragen im Team waren für den Augenblick beruhigt.

Das Bild von Felix Wacke, ‚Drei Gladiolen im Weckglas', ist noch immer verschwunden. Auch dieses Bild war bei unserer Firma versichert. Nach seinem Diebstahl musste unsere Versicherung bezahlen, viel bezahlen. Wir vermuten das Bild bei einem russischen Sammler. An dessen Bilder kommen wir nicht heran, also müssen wir das Bild zu uns herlocken. Und das geht am einfachsten durch eine Echtheitsuntersuchung.

Weil meine Versicherung den Fall abgeschlossen hat, wenn auch mit Verlust, will man mir dort keine Spesen für weitere Ermittlungen bewilligen, und ich brauche dieses Mal sehr viel Geld. Ich trage das Problem meinem Team vor, und wer hätte es gedacht, wir bekommen von unseren letzten Boni 70 000 € zusammen. Ich bin ganz gerührt, wenn ich mir klarmache, welches Vertrauen mein Team in unsere Fähigkeiten hat, das Geld wieder einzuspielen.

Als erstes beauftrage ich meinen Freund August Hasler, eine erstklassige Kopie der „drei Gladiolen" anzufertigen. Er soll alte Leinwand benutzen und alte Farben. Auch den Firnis soll er möglichst überzeugend altern. Bis auf eine kleine Markierung, an der wir die Fälschung erkennen können, soll sie so perfekt wie möglich mit dem Original übereinstimmen. Nach vier Wochen haben wir das Werk in Händen, es ist fantastisch. Aber es war nicht billig.

Nun melde ich mich bei dem Leiter des Museums an, dem das Original gestohlen wurde. Wir wollen ihm unsere Kopie leihen, und ich kann ihn überreden, unsere Kopie auszustellen, natürlich mit dem Hinweis, dass dieses nur eine Kopie ist. Wir sind in Deutschland, da muss alles seine Ordnung haben. Im Führer durch die Ausstellung kann man nachlesen, das Museum habe nach dem Erwerb eine Kopie dieses bedeutenden Gemäldes angefertigt, die man nun dem Publikum zeigen könne, da das Original verschollen sei.

Nun finden wir, ist es an der Zeit, Zweifel an dem Originalgemälde zu säen. Ich lade Levitoff nach Berlin ein und zeige ihm das Bild im Museum, bitte um seine Expertise. Er studiert das Bild gewissenhaft, leiht es sich aus, um einige Untersuchungen daran vorzunehmen, dann verkündet er, dieses Bild sei das Original. Man habe wohl damals Kopie und Original verwechselt. Das gestohlene Bild müsse deshalb eine Kopie sein. Der Museumsdirektor hüpft fast vor Freude.

„Mein lieber Herr Bender, dieses Bild wollten sie mir als Kopie verkaufen. Na ja, sie sind eben kein studierter Kunstkenner. Da kann so etwas passieren."

Am nächsten Tag kann man in der BZ lesen, dass das Museum sein Original wieder hat. Man habe damals nur eine Kopie gestohlen. Das muss den derzeitigen Besitzer aus der Reserve locken. Doch er kann keine offizielle Untersuchung anstellen. Denn sein Erwerb war nicht ganz legal, er hatte Diebesgut erworben.

Zurück in meinem Team stelle ich die Frage:

„Leute, wen haltet ihr für den besten Kunstgutachter, der gleichzeitig seriös und absolut verschwiegen ist?"

„Das ist nur GGG, Gaus und Gaus in Göttingen." Man spricht es DjiDjiDji. Also behalten wir GGG seit der Veröffentlichung des Museums im Auge. Ich rufe als Mitarbeiter des BKA bei einem Postbeamten in Göttingen an. Der darf natürlich nicht sagen, welche Post an welche Adresse geht. Das Postgeheimnis ist heilig. Aber er soll mir telefonisch mitteilen, wenn ein zylindrisches, etwa 1 m langes, hochversichertes Paket in die Göttinger Innenstadt, Umgebung der Turmstraße, ausgeliefert wird. Mit so einer vagen Angabe breche er sicher nicht das Postgeheimnis. Und Unsere Beschreibung des Pakets zeigt, dass wir sowieso schon alles wissen. Wir sind einem schweren Verbrechen auf der Spur und wollen einen gefährlichen Anschlag verhindern. Wenn uns das mit seiner Hilfe gelingt, dann sollten für ihn 200 € Belohnung drin sein. Ich lasse ihm eine Handynummer da, die ich extra für solche Zwecke habe.

Nach einigen Tagen meldet der Postbeamte ein entsprechendes Paket. Ich rufe bei GGG an, gebe mich als Kunstsammler aus, der einmal dieses berühmte Bild, eben die ‚Drei Gladiolen im Weckglas‘, sehen will. Heute heiße ich Moritz Grabner. Der jetzige Besitzer, ein Freund, wenn ich das so sagen darf, habe mir mitgeteilt, dass das Bild zurzeit in Deutschland sei bei den Gebrüdern Gaus, dort könne ich es sehen. Ich versichere ihnen, dass ich sie nicht verraten werde. Schon meine Detailkenntnisse zeigten ihnen, dass mit mir alles in Ordnung sei. Allein das Wiedersehen des Bildes sollte mir 500 € wert sein. Sie willigen ein. Lissi und ich fahren nach Göttingen und besuchen die Firma Gaus und Gaus.

Im Büro der Brüder Gaus sind Lissi, ich, die Brüder Gaus und zwei Sicherheitsleute. Wir werden sorgfältig nach Waffen und Aufnahme-geräten untersucht. Als klar ist, dass wir keine Gefahr darstellen, zeigt man uns das Bild. Ich betrachte das Bild lange, dann bitte ich um eine Lupe, ziehe feine weiße Handschuhe an und sehe mir einige Details ganz genau an. Was außer mir niemand weiß, in den Handschuhen ist Erytox-Pulver, ein schwach radioaktiver Stoff, den man noch nicht kannte, als das Bild gemalt wurde.

Natürlich heißt der Stoff nicht Erytox, aber ich möchte keine Anlei-tung zum Bilderfälschen geben. Unser Erytox lagert sich besonders gerne an bestimmte rote Farbstoffe an, die dann ein ganz anderes Spektrum zeigen als der ursprüngliche Farbstoff.

Nach der Untersuchung bedanke ich mich, Tränen in den Augen, dass ich dieses Bild einmal sehen durfte, überreiche ein Couvert mit dem Geld und fahre mit Lissi wieder nach Hause. Dort lasse ich

Annika die Kopie des Museums zurückholen, wir verpacken sie und senden sie im Auftrag des Museums an GGG zur Begutachtung. Zu gerne hätte ich deren Gesicht gesehen, wenn sie auf einmal zwei Exemplare desselben Bildes auf ihrem Labortisch haben. Leider war das nicht möglich.

Bei Gaus und Gaus war die Aufregung groß. Wieso hatte man nun das Bild doppelt? Sollte das ein Test ihrer Kompetenz sein? Beinahe fühlten sie sich gekränkt. Nun durfte man auf keinen Fall die beiden Bilder verwechseln. Das konnte man vermeiden, denn eines der Bilder hatte eine Marke auf der Rückseite. Schon ein einfacher Test zeigte, dass eines der Bilder eine Fälschung sein musste. Vor allem bei Rotfarben zeigte sich ein anderes Spektrum als man es aus der Zeit der Entstehung erwartet hätte. Deshalb schickte man das Bild ohne das verräterische Spektrum zu seinem russischen Absender zurück mit einer genauen Analyse, dass dieses Bild das echte sei. Man habe es auch mit einer offensichtlichen Kopie verglichen und an der Echtheit bestehe kein Zweifel.

Nach wenigen Tagen ruft der angebliche Herr Grabner wieder bei GGG an, erkundigt sich, ob das Gemälde des Museums, die ‚Drei Gladiolen im Weckglas‘, angekommen sei, erfährt bei diesem Telefonat, dass das Gemälde eine Kopie sei, wenn auch eine ausgezeichnete. Auch die Vermutung von Professor Levitoff, das Museum besitze ein echtes Exemplar, sei ihrer Ansicht nach falsch. Man sende das Bild umgehend wieder zurück, erlaube sich eine

Rechnung über 1280 € für die Begutachtung beizufügen. Das Bild kommt zurück.

Wir haben Erytox genommen, weil man diesen Stoff leicht wieder auswaschen kann. Wussten die das bei GGG nicht? Nun sie wussten wohl nichts von dem Erytox, und meine Untersuchung des Bildes war sehr behutsam und achtsam, da kam kein Zweifel auf. Als das Bild nun zurückkam, reinigten wir es von dem Erytox, dann bringe ich das echte Bild zu meiner Versicherung, die natürlich noch eine Reihe von Tests und Begutachtungen durchführt, ehe sie dieses Bild wieder als das Original im Museum aufhängt. Auf meine Bitte hin geschah alles ohne öffentliche Aufmerksamkeit. Dagegen erhielt meine Firma eine satte Rechnung über 140 237 €, genau aufgelistet nach den verschiedenen Ausgaben, die nicht durch die Bücher gegangen waren und deshalb sich nicht gegen das Wachstum der einzelnen Posten wehren konnten. Dabei hatten wir die 200 € für den Postbeamten nicht einmal aufgeführt. Angesichts der Millionen, die die Versicherung von dem Museum zurückerhielt, waren diese Spesen sicherlich zu ertragen.

Ich glaube, der russische Oligarch erfreut sich immer noch seines wertvollen „Originals", um Levitoff ist es mit der Zeit ruhiger geworden. Er meint wohl immer noch, er habe das Bild gesehen, das heute im Museum hängt.

V.

Habe ich es schon erwähnt, wie sehr ich Russland liebe? Und vor allem die russischen Frauen. Sie sind nicht nur schön, sie stellen auch weniger Ansprüche als unsere deutschen Frauen. Wenn ich mit einer Russin zusammen bin, dann kommt mir stets ein Gefühl tiefer Dankbarkeit entgegen. Nun ja, russische Männer sollen nicht immer die feinsten sein. Aber auch diese Männer mag ich, ihre Spontaneität, ihre emotionale Ehrlichkeit, die sich jetzt in einer offenen Kameradschaft zeigt und schon im nächsten Moment in Grausamkeit umschlagen kann. Russland, Land ständiger Überraschungen.

Im April war ich in Moskau. Dort fand ein Kongress statt, Thema: Moderne Methoden der Beurteilungen von Kunstwerken und ihrer Echtheit, also genau mein Gebiet. War ich überrascht dort auch Levitoff zu treffen? Und auch Antonin war dort. Nun, ihn wollte ich nicht näher kennenlernen, aber was half es, Levitoff kannte ihn gut und machte uns miteinander bekannt. Überdies wohnten wir im gleichen Hotel. Schon am zweiten Abend dieses Kongresses saßen wir drei in der Hotelbar, sprachen über Kunst, tranken mehr als uns guttat, und Levitoff begann, mit dem Bild seiner Urgroßmutter zu prahlen, einem echten Drakow, nur später ein wenig ergänzt und vervollständigt.

„Warum hat Drakow deine Großmutter gemalt?"

„Meine Urgroßmutter. Sie war eine sehr schöne Frau und, sie war einige Jahre lang Drakows Muse."

„Muse ist gut", fiel Antonin ein, „Sie war wohl auch für den anderen Pinsel des guten Drakow da." Er schlug sich auf die Schenkel. „Auf das Wohl der lieben Babuschka und ihrer Möse."

Levitoff verzog das Gesicht, aber was half es ihm, auf das Wohl seiner Urgroßmutter musste er mittrinken.

„Hast du das Bild hier?"

„Natürlich nicht. Mit so einem Schatz geht man nicht auf Reisen. Aber ich habe hier ein Foto des Bildes."

„Zeig es uns." Und so sah ich es im Foto wieder, das Portrait einer sehr schönen Frau, gemalt von einem Ausnahmekünstler. Auch Antonin bewunderte das Bild, lobte es in den höchsten Tönen. Und dann:

„Verkauf mir das Bild!"

„Dieses Bild ist nicht zu verkaufen."

„Brüderchen, verkauf mir das Bild!" Der Klang in Antonins Stimme wurde befehlender.

„Dieses Bild werde ich nie verkaufen."

„Es ist so schön. Ich sollte es haben. Na ja, man wird sehen."

Wir redeten und tranken weiter. Nichts ließ mich ahnen, was schon nach zwei Tagen auf mich zukommen sollte. Inzwischen ging der Kongress weiter, wurden immer neue Methoden erörtert, Fälschungen und Originale zu unterscheiden. Dann lädt mich Antonin zu einem Kaffee ein, also zu einem Getränk aus wenig Kaffee und viel Wodka. Und dann:

„Chans, du besorgst mir das Bild von Levitoffs Babuschka!"

Ich wehre das Ansinnen ab: „Levitoff will es doch nicht verkaufen."

„Dann musst du es stehlen!"

Ich überlege, ob ich ihm eine Fälschung unterschieben kann, aber auch Antonin hat auf diesem Kongress dazugelernt. Es würde schwierig bis unmöglich werden.

„Ich habe gestern mit Vladimir gesprochen. Du kannst es stehlen, dir geschieht nichts."

„Aber ich will das nicht."

„Schau in deinen Pass!"

Ich öffne meinen Pass und sehe es sofort: Mein Pass war ausgetauscht worden durch eine ganz schlechte Fälschung. Ich habe nichts davon bemerkt. Mit diesem Pass kann ich Russland nicht mehr verlassen. Und was soll ich hier? Mir bleibt nur, ihm meine Mitarbeit zuzusagen.

„Guter Mann, kluger Mann. Komm, lass uns trinken."

Vom bedrohenden Gangster wechselt seine Stimmung im Augenblick zum allerbesten Kumpel.

Jetzt habe ich den Schwarzen Peter. Ich muss das Bild stehlen, aber ich darf das nicht zu offensichtlich tun, das würde meinen Ruf ruinieren. Und mein guter Ruf ist mein Hauptkapital bei meinen Ermittlungen. Aus diesem Grund will auch Antonin das Bild nicht durch seine Leute stehlen lassen, er wäre ein Geächteter auf dem schwarzen Kunstmarkt. Auch der Schwarzmarkt hat seine Moral. Immerhin vermittelt mir Antonin den Kontakt zu dem KGB-Agenten Wasili Olejnik, der mir vielleicht helfen kann. Und so breche ich mit Unterstützung des KGB in Levitoffs Wohnung ein.

Dort aber finde ich zuerst einmal – nichts. Levitoff ist nur ein Professor, wie sollte er große Schätze anhäufen? Was ich in dieser Wohnung an Bildern finde, das sind fast ausnahmslos billige Repliken. Doch dann entdecken wir, dass zu der Wohnung auch ein Keller gehört, hervorragend gesichert. Allein hätte ich nie den Weg hineingeschafft, aber wozu hat man die Hilfe eines KGB-Mannes? Wasili öffnet den Keller, überlistet die Alarmanlage, wir können eintreten. Der Raum ist eingerichtet wie ein Museumslabor. Drei Bilder hängen dort, alle drei über 2 Millionen Rubel wert. Levitoff soll sie begutachten. Auf dem Schreibtisch steht sein Laptop. Mühelos gewinnen wir Zugriff zu seinen Dateien. Warum hätte er sie auch absichern sollen, der Raum als ganzer war gesichert. Auf diesem Laptop spielte sich nichts Besonderes ab.

Ich finde ein Gutachten, das vor zwei Tagen begonnen wurde und noch nicht fertiggestellt ist.

„Chans, beeile dich, wir müssen das Bild finden und wieder verschwinden."

„Ich beeile mich. Aber hier sind Daten, die für mich unglaublich wichtig sind."

„Beeil dich!"

Sehr drängend klingt das nicht, mir bleibt wohl eine kleine Weile. Das Gutachten beginnt mit der Geschichte des Bildes. Nun schreibe ich sie weiter: ‚Nach dem Krieg befand sich dieses Gemälde einige Zeit in der Hand des KGB, ehe es einem verdienten Mitarbeiter als Belohnung überlassen wurde'. Ohne seinen Namen zu nennen beschreibe ich einige Merkmale meines KGB-Helfers Olejnik. Levitoff sollte daraus erkennen können, wer ihn bestohlen hatte. Ich ahnte nicht, was mir dieser Eintrag einmal einbringen würde. Von Olejnik wanderte das Gemälde dann zu der Galerie. Die ist im Text genannt und der Bericht geht nahtlos weiter. Wer lesen kann, der lese. Aber warum sollte Levitoff diesen Bericht noch einmal so sorgfältig lesen, das ist doch ein Allerweltsgutachten. Das war es vorher, denn nun bekommt es einigen Glanz, wenn im Methodenteil der Autor des Gutachtens mit einigen Adjektiven wie ‚berühmt', ‚unbestechlich', ‚höchst gewissenhaft' gerühmt wird. Nun müsste eigentlich ein Trottel bemerken, dass hier eine fremde Hand weitergeschrieben hat, und Levitoff ist kein Trottel. Sorgfältig wische ich die Tastatur ab, obwohl ich all die Zeit Handschuhe getragen habe. Nicht einmal die Spur meines Atems soll darauf verbleiben. Inzwischen sucht mein Gefährte weiter nach der schönen Olga, und er findet das Bild. Unsere Arbeit ist getan. Noch am gleichen Tag erhält Antonin das Bild und ich bekomme meinen Pass wieder. Umgehend fliege ich nach Berlin. Erst als ich in Tegel das Flugzeug verlasse, fühle ich mich wieder sicher. Aber soll Antonin ungestraft davonkommen? Die Zeit wird für mich arbeiten.

Erstaunlich ist, dass wir nirgendwo hören oder lesen, dass Levitoff den Diebstahl angezeigt habe. Mein Hinweis auf den KGB hat ihn wohl zum Verstummen gebracht. Armer Professor, wo er doch so eine schöne Urgroßmutter hatte.

Russland bleibt für Kunstdetektive wie mein Team ein ergiebiges Feld. Schon bald danach sind wir alle vier in Moskau. Hier sind sehr gute Kunstfälschungen aufgetaucht, und die Besitzer halten sie ausnahmslos für Originale und wollen sie bei meiner Agentur versichern, sehr hoch versichern. Deshalb sollten wir uns die Sache aus der Nähe ansehen und bei Bedarf die russische Polizei beraten. Meiner Gesellschaft raten wir von den Verträgen ab. Wenig später wird eine Bande ausgehoben, die von einem Labor für erstklassige Kopien in Omsk aus versuchte, den russischen Markt zu bedienen.

Für mein Team war es auch ein Trumpf, als wir höchsten Stellen vorgestellt und mit Lob überhäuft wurden. Es wunderte uns nicht, dass wir dabei auch wieder auf Antonin trafen. Er war die Freundlichkeit in Person, aber ich mag es nicht, dass er mich damals benutzt hat, und er hatte eine Lektion verdient.

„Wie können wir den Antonin etwas dämpfen?"

Fred fand die Lösung: „Antonin gibt gerne mit seinen mächtigen Freunden an. Das können wir benutzen, um ihm ganz dicke Scherereien zu machen."

„Wie stellst du dir das vor?"

„Sein Freund Vladimir muss sehen, dass Antonin Freundschaft zu den falschen Leuten pflegt."

„Findest du nicht, dass das zu riskant ist?"

„Ohne Risiko kein Gewinn. Aber von einem in Ungnade gefallenen Antonin werden sich seine ‚Freunde'", er malt mit den Händen Anführungszeichen in die Luft, „ganz sicher abwenden. Warum sollten sie uns dann noch an die Gurgel gehen?"

„Zusammenhalt des Klüngels? Wer einen angreift, der greift alle an. Du bist kein Rheinländer, sonst wüsstest du das. Und auch Ungnade muss sich herumsprechen. Bis dahin ist Antonin noch mächtig."

„Dann sollten wir die Mädels vorher in Sicherheit bringen."

„Und dich auch."

„Aber mich wirst du brauchen." Das war Lissi. Sie hatte längst begriffen, was wir planten. Und so setzen wir Fred und Annika ins nächste Flugzeug nach Berlin. Das dürfte vor allem Fred ganz und gar nicht unangenehm gewesen sein. Drei Stunden allein mit Annika. Daraus konnte etwas werden. Lissi und ich bereiteten inzwischen unseren Coup vor.

Wie sie es gemacht hatte, weiß ich nicht, aber Lissi und Tamara, Antonins derzeitige Begleiterin, wurden ziemlich beste Freundinnen. Tamara wurde allseits beneidet wegen ihres reichen Freundes, und ich wegen meiner schönen Freundin. Das tat mir gut. Nach Hause berichteten wir von weiteren notwendigen Ermittlungen, die unser Verweilen in Moskau unbedingt notwendig machten. Wer würde schon bei meinen Erfolgen nach Einzelheiten fragen?

Lissi und Tamara waren es auch, die ein opulentes Geburtstagsfest für Antonin planten. Es sollte in seinem Haus stattfinden, all sein Reichtum sollte zu sehen sein. Was Rang und Namen hatte, wurde eingeladen, selbst der Staatspräsident, und – alle wollten kommen. Unter der Hand wurde die Gästeliste weitergereicht. So ein Fest durfte man sich nicht entgehen lassen.

Ich wartete derzeit in meinem Hotel auf jene kleine Bilderrolle, die Fred mir gleich nach seiner Ankunft in Berlin schicken sollte, eine erstklassige Kopie des Bildes „Frau mit Hut" von Weidenbacher. Von diesem Bild hatten wohl die meisten gehört, und die Affäre Oljanow war sicher auch auf dem Schreibtisch des Präsidenten gelandet. Wenn dieses Bild hier wieder auftauchen würde, es wäre ein Skandal. Und den wollte ich.

Die Feier war am 8. Oktober, und sie begann großartig. 72 Gäste füllten die Wohnung Antonins, bewunderten seine Möbel, seine Bilder, darunter auch die „Olga" von Drakow. Auch Levitoff war unter den Gästen, dafür hatte Lissi gesorgt. Es sollten nicht nur reiche Leute die Kunst bewundern, es sollte auch ein Fachmann sie erklären. Finanzieller Reichtum, das lernte ich hier deutlich, bedeutete weder Geschmack noch Kenntnis. Als Levitoff das Bild seiner Großmutter sah, wurde er blass. Lissi stand neben ihm.

„Fassen sie sich, Professor, hier können sie nichts machen."

„Wie recht sie haben, Frau Schneider. Doch es schmerzt, es schmerzt sehr. In diesem Land kann man seines Eigentums nicht mehr sicher sein."

„Da haben sie recht. Aber vielleicht erhalten sie ihr Bild wieder zurück. Noch ist nicht aller Tage Abend."

Ein Hauch von Hoffnung überflog Levitoffs kleine Professorenseele, erstarb aber wieder, als ihm die wirkliche Macht in diesem Land bewusst wurde.

„Glauben sie das wirklich?"

„Man wird sehen." Lissi streichelte seinen Arm, ehe sie weiter rauschte. Es sah alles aus wie eine rein zufällige Begegnung. Lissi war großartig.

Dann klingelte es. Eine der Bediensteten öffnete die Haustür und nahm ein Paket entgegen, eine runde Rolle, wie sie für den Versand von Bildern benutzt wird. Von ihr nahm sie Antonin entgegen, und ohne auf den Absender zu schauen, öffnete er sofort die Rolle, ein kleiner, neugieriger Junge, der gar nicht genug bekommen kann.

„Dann wollen wir einmal sehen, was man dem lieben Alexej zum Geburtstag schenkt."

Aus der Rolle kam ein Bild, Weidenbachers „Frau mit Hut". Keiner wusste, dass es eigentlich das Bild von Anton Schmitz war, des besten Bilderfälschers dieses Jahrhunderts, und das sollte auch niemand erfahren. Bei dem Bild lag nur eine schlichte Karte: „Meinem lieben Freund Alexej Antonin zum Dank für alle Hilfe in den letzten Jahren. Herzlichen Glückwunsch. Juri" Die Karte war beim Entrollen zu Boden gefallen, Tamara hatte sie aufgehoben und vorgelesen. Antonin bewahrte Haltung. Nichts verriet, was in ihm vorging. Auch Vladimir Putin verzog keine Miene. Aber ich wusste: Das Bild kannte er und er wusste, von wem es angeblich kam. Ein leises Lächeln zog über sein Gesicht. Es ist nichts so fein gesponnen, es kommt doch ans Licht der Sonnen. Nun hier kam es an sein Licht. Er würde reagieren, früher oder später.

Nun wäre es an der Zeit gewesen, Moskau zu verlassen. Doch das ließ Antonin nicht zu. Er wusste, dass nur Lissi und ich die Hintergründe dieses Bildes kannten. Schon am nächsten Morgen wurden wir verhaftet und in eine nahegelegene Polizeistation gebracht. Der

Vorwurf: Handel mit gefälschten Bildern. Hatte Antonin wirklich erkannt, dass das Bild eine Fälschung war? Ich mochte es nicht glauben. Die Polizisten aber, die uns verhaftet hatten, hüllten sich in Schweigen. Sie wussten, dass sie in den Spielen der Mächtigen nur Statisten waren. Falsche Worte konnten dabei sehr unheilvoll wirken. Dennoch gelang es mir, einem dieser Männer eine Hundert-Rubel-Note zuzustecken mit der Bitte, unsere Verhaftung umgehend dem Büro des Präsidenten zu melden. „Präsident" war das Zauberwort, das ihn aufscheuchte und sofort in Bewegung setzte. Eine Meldung konnte nicht falsch sein, eine unterlassene Meldung könnte fatal sein. Väterchen Vladimir erhielt also schnellstens Bescheid. Wir bemerkten es an der Unruhe, die auf einmal im Polizeirevier herrschte. Bis dann am Abend jemand kam:

„Wir sollen sie zu Väterchen Vladimir bringen. Was haben sie getan, dass man sich so hoch oben für sie interessiert? Na ja, es geht mich nichts an, ich will es gar nicht wissen." Damit war sein Erstaunen hinreichend dokumentiert, auch für alle Fälle eine gewisse Anteilnahme an unserem Schicksal. Man konnte es nie wissen.

Bei Vladimir wurden wir immer wieder befragt. Das Weidenbacher-Bild und seine Herkunft schienen alle sehr zu interessieren. Schließlich hatte man auch Levitoff dazu gerufen. Der bescheinigte die Echtheit des Bildes. Hatte er die Fälschung nicht bemerkt. Und dann erzählte er ganz zwanglos von den anderen Bildern in Antonins Haus, alles Originale, eines sogar das Bild seiner Urgroßmutter, das ihm vor nicht allzu langer Zeit gestohlen worden war.

Wie wir später erfahren haben, bekam Levitoff dieses Bild umgehend zurück. Antonin beschwor, es nicht gestohlen zu haben. Nein, er habe es bei einem Kunsthändler in der Chernigowskiy-Straße gekauft, weil es ihm so gut gefallen habe. Es sei nicht einmal sehr teuer gewesen, so dass er keinerlei Verdacht geschöpft habe, es könne aus einem Verbrechen stammen. Natürlich gebe er es Levitoff zurück. Allerdings erwarte er, dass die Polizei nach dem Dieb fahnde und er seine 12 000 Rubel wiedererhalte. Diese Fahndung lief eine ganze Zeit lang, und jegliche Bewegung in Russland war für mich während dieser Zeit ausgeschlossen. Dabei liebe ich Russland so sehr.

Nach sechs Tagen wurde uns erlaubt, nach Berlin zurückzufliegen. Im Flugzeug höre ich über Polen im Radio, dass bei der Moskauer Polizei der untersuchende Beamte, Hauptmann Olejnik, auch Levitoff untersucht habe, vor allem dessen Computer. Dabei sei er in einem Entwurf für ein Gutachten auf die Beschreibung eines Mannes gestoßen, der mit dem Diebstahl eines Bildes zu tun haben könnte, und den man nach dieser Beschreibung wirklich identifiziert habe. Mich wunderte es nicht, ich hatte eine Beschreibung von ihm höchstpersönlich hineingeschrieben. Aber jetzt lenkte er die Fahndung in Richtung eines deutschen Kunstkenners, der sich damals in Moskau aufgehalten habe. Und dann werde ich beschrieben. Kein Wort von einem gemeinsamen Einbruch. Das ist gefährlich. Ich lasse mich zusammensacken und stöhne laut. Lissi alarmiert sofort eine Stewardess. Die ist keine Ärztin, aber an meinen Symptomen erkennt sie sofort, dass ich dringend in ein Krankenhaus gebrachte werden muss.

„Bitte in ein Berliner Krankenhaus! Bitte!"

Dann scheint mich wieder mein Leiden zu umfangen. Nur aus den Augenwinkeln sehe ich, wie die Stewardess nach vorne zur Piloten- kanzel geht. Der Pilot ist ein Mensch. Oder er ist Patriot und möchte nicht, dass irgendein Verdacht auf Russland fällt. Er fliegt auf dem schnellsten Weg Berlin-Tegel an. Von dort bringt man mich in die Charité, wo ein empörter Chefarzt mich nach kurzer Untersuchung als Simulanten beschimpft.

„Das können sie uns nicht bieten, Herr Bender. Sie bleiben auf jeden Fall hier zur Beobachtung. Wir wollen nichts übersehen haben. Aber ich bin mir sicher, sie simulieren."

Zufrieden sinke ich in die Kissen meines Krankenbettes. Frau Ben- der, also Lissi, sitzt mit sorgenvollstem Gesicht an meiner Seite. Aber an Ruhe ist nicht zu denken, denn in der nächsten Stunde schaut alles zu mir herein, was an männlichem Personal auf dieser Station beschäftigt ist. Dann schaut einer herein, der sieht nicht so medizinisch aus.

„Krause, LKA", stellt er sich vor.

„Bender, Hans Bender."

„Ich weiß. Privatdetektiv im Auftrag der Brandenburger Allgemeine Versicherung. Nun erzählen sie mir einmal: Was haben sie so

Schlimmes in Moskau gemacht, dass sie einen solchen Rücksturz nach Berlin brauchten, um den Russen zu entkommen?"

Und dann erzähle ich, von dem dummen Professor Levitoff, von dem Ganoven Antonin und seiner Erpressung mit unseren Pässen, von dem, Einbruch bei dem Professor, dem Diebstahl des Bildes seiner Urgroßmutter, und wie ich dann arrangiert habe, dass er das Bild wiederfinden musste. Ich erzählte auch von der Fahndung nach mir. Schließlich bat ich ihn, meinen Freund Martin Grabe beim BKA anzurufen. Der könne ihm sicher noch mehr zu meiner Person erzählen.

Krause fertigte ein Dossier an, das wanderte einige Dienststellen hoch und wieder herunter, dieses Mal bis in den Keller, in die Ablage. Was wollte man mir schon anhaben? Und für diplomatische Verwicklungen war der Fall ‚Bender' nun wirklich zu unwichtig.

Dennoch muss etwas aus diesem Dossier an die Öffentlichkeit gelangt sein. Denn Antonin spielte auf dem internationalen Kunstparkett in der Folgezeit keine Rolle mehr. Oder war es der strafende Arm Väterchen Vladimirs. Ich würde das wohl nie erfahren.

VI.

Mit Frauen habe ich kein Glück. Soeben hat Lissi mir mitgeteilt, dass unsere Zusammenarbeit zu Ende ist. Sie hat bei unserer Versicherungsgesellschaft gekündigt und wird nach Münster ziehen. Dort hat ihr Freund René eine Stelle im Schulkollegium angetreten. Nun wird sie zu ihm ziehen. Sie hat schon alle möglichen Kanäle angezapft, um zu erfahren, wie sie auch in Münster weiterarbeiten kann. Sie möchte ihre eigene Ermittlungsagentur eröffnen, die dann Versicherungen und Museen ihre Dienste anbietet. Gerade kleinere Museen können sich keine eigenen Ermittlerinnen leisten, da bietet sich eine solche Agentur an, die im Auftrag eines Museums ein verlorenes Kunstwerk wiederbeschaffen kann. Mir wird sie fehlen. Auch wenn sie viel jünger ist als ich, sie ist die Frau, die mein Herz täglich höherschlagen lässt, wenn sie in unser Büro kommt. Ob ich deshalb seit einiger Zeit diese Blutdrucktabletten einnehmen muss?

„Hans, was hält dich hier? Komm doch mit nach Münster! Zu zweit sind wir mehr als doppelt so gut wie ich allein."

„Du schmeichelst mir. Aber schau. Ich hänge an dieser Stadt, ich trinke gerne ein gutes Bier, esse gerne eine Soljanka, liebe es, unter den Linden zu flanieren oder auf dem Kudamm, wo ich die Leute beobachte, die mehr Geld für Unfug ausgeben als ich jemals haben werde. Kurz, mir geht es hier gut, warum sollte ich das ändern."

„Denk noch einmal nach!"

Aber da ist nicht viel nachzudenken. Vor allem brauche ich Fred, meinen dicken Programmierer. Den müsste ich auf jeden Fall mitnehmen, und ob der sich überhaupt schon einmal mehr als 100 m weit bewegt hat, wage ich zu bezweifeln. Ich werde ihn gar nicht erst fragen.

Natürlich bin ich ohne Lissi nur noch die Hälfte wert. Ihren René wird sie auf jeden Fall heiraten, dann Kinder bekommen, und die werden krank. Egal was geschieht, unsere Arbeit wird sich verändern. Zum Glück habe ich noch Annika. Nur bei ihr sind meine Gefühle anders, sie ist für mich so etwas wie eine Tochter. Ich muss meine ganze Abteilung neu aufbauen. Ich werde einen Ersatz für Lissi brauchen, und ich sollte noch eine Mitarbeiterin in mein Team holen. Inzwischen sind wir so erfolgreich, dass ich das bei der Direktion werde durchsetzen können. Unser nächster Fall wird dann wohl unser letzter gemeinsamer sein.

Die vielen kleinen Routinefälle, die wir sozusagen mit der linken Hand erledigen, will ich gar nicht aufzählen. Kunst wird gefälscht, Kunst wird gestohlen. Nun aber stoßen wir auf eine andere Art, mit Kunst viel Geld zu gewinnen: Die Preise werden manipuliert. Fast zufällig ist Fred auf dieses Geschäftsmodell gestoßen: Da wird die Presse mit Artikeln über einen Maler gefüttert, echte Motive werden gefunden, unwahre Motive werden erfunden. Die Sammler werden auf den Künstler aufmerksam. Nun muss man noch das Angebot seiner Bilder verknappen. Man versetzt einige in einen Zustand, in dem sie bedeutend, aber unverkäuflich sind. Sie müssen also wichtigen Museen gehören. Die wenigen Gemälde, die noch auf dem Markt sind, werden zurückgehalten, bis die Preise hoch genug sind. Wenn man sie schließlich verkaufen kann, dann mit hohem Gewinn.

„Kann man das so einfach machen?", fragt Annika, als Fred das Modell vorstellt.

„Nein, nicht einfach. Die Preise richten sich normalerweise danach, zu welchen Preisen Bilder dieses Malers in der Vergangenheit gehandelt wurden. Das kann man aber beeinflussen."

„Und wie soll das gehen?"

„Ja, daran habe ich diesen Handel erst entdeckt." Fred war in seinem Element. „Da werden einige Fälschungen zu horrenden Preisen gehandelt, von der linken in die rechte Hand des gleichen Besitzers. Ein Auktionshaus muss dabei mitspielen. Womöglich ist sogar die Chefabteilung des Auktionshauses führend an der Manipulation beteiligt."

In meinem Kopf bildet sich eine Gedankenkette: Meine Versicherung würde das gern sehen, denn es bedeutet eine Erhöhung der Versicherungsprämie, umgekehrt aber muss sie im Verlustfall auch sehr viel zahlen. Man sollte die Bilder zum jeweiligen Zeitwert versichern. Es wird dann gut sein, nach dem überteuerten Verkauf wieder die Preise nach unten zu führen, ebenfalls durch Leerverkäufe.

„Welches Auktionshaus ist dir aufgefallen? Und bei welcher Firma sind die Bildchen versichert?"

„Das Auktionshaus ist das Haus Gerber und Co. in Düsseldorf."

„O je", entfährt es mir, „die kenne ich."

„Und versichert sind sie bei der Omega."

Das wundert mich in keiner Weise. Wenn es eine Versicherung für windige Geschäfte gibt, dann die Omega.

„Wie kamst du darauf, Fred?"

„Unser Haus möchte nur seriöse Geschäfte abschließen. Solche Preisschwankungen sind nie ein gutes Zeichen. Die sollte ich einmal näher untersuchen, und dadurch kam ich auf diese Masche. Nun werden wir bald den Auftrag erhalten, diese Fälle näher zu untersuchen und nach Möglichkeit zu unterbinden. Ich werde morgen meinen Bericht an die Direktion abgeben. Wappnet euch, tapfere Kämpfer, es geht wieder in den Krieg."

Meine ersten und besten Waffen sind seit jeher meine Damen. Annika heuert bei dem Auktionshaus als Geschäftsgehilfin an, Lissi schaut sich die Leitung der Omega an. Sie findet, was sie sucht, Hans Wertel, einen Manager aus der zweiten Ebene, so weit oben, dass sie einiges erfahren kann, und noch so weit von der Spitze entfernt, dass niemand ihn sonderlich beachtet, solange er seine Arbeit gut macht. ‚Ganz zufällig‘ trifft sie ihn bei einem Mittagslunch in einem Schnellrestaurant, sie gefällt ihm, es entstehen einige

Gespräche. Wertel ist beglückt auf eine äußerst charmante Kollegin zu treffen, mit der er sachkundige Gespräche führen kann. Bald darf er ihr einen Kaffee ausgeben, Hans im Glück, dann versucht er mehr zu erreichen, aber Lissi blockt ab. Sie sei von ihrer letzten Beziehung noch zu sehr enttäuscht, sie wolle sich auf keine neue einlassen. Also wieder nur Fachgespräche und gelegentlich unbeholfene Komplimente. Nach ein paar Wochen erkaltet die Beziehung wieder. René ist sicher froh darüber. Ich frage mich, ob er wohl eifersüchtig war. Das muss er aushalten, wenn Lissi in ihrem Beruf tüchtig sein will. Ich bin kurz davor, schadenfroh zu werden. Ich verachte mich.

In der Zwischenzeit hat Annika einen der Leerverkäufe entdeckt. Das Bild heißt „Mohnblumen", und es ist ohne Zweifel echt. Das Auktionshaus hat es für 300 000 € aus einem Nachlass gekauft, ein Schnäppchen, wie die Käufer meinten. Nun muss ich einen Plan entwickeln, wie wir den sauberen Herrschaften das Handwerk versauern können. Planen, das ist mein Job. In diesem Fall ist das Ziel des Planes, beiden Partnern einen spürbaren Verlust zuzufügen, damit sie künftig von solchen Geschäften die Finger lassen. Wenn ein Bild wie die ‚Mohnblumen' durch das Auktionshaus geht, dann kann man durch gezielte „Informationen" die Preise in die Höhe treiben oder sie klein halten. Ich besuche die Auktion, doch nicht allein. Begleitet werde ich von einem Gelegenheitsarbeiter. Mit ihm haben wir die Situation mehrmals geprobt, es muss klappen. In der Auktionshalle sitzt er schräg hinter mir, er kann meine Handzeichen sehen, aber niemand sieht, dass wir zusammengehören.

„Wir kommen zu dem Bild „Mohnblumen" von ... Der Einstiegspreis ist 200 000 €." Das ist nicht zu viel, sie rechnen wohl damit, dass zwei ihrer Angestellten sich ein Bieterduell liefern, das den Preis dann in die Höhe treibt.

„220 000 €.

„240 000 €."

Es ist an der Zeit einzugreifen. Ich gebe ein Zeichen und mein Begleiter ruft laut in den Saal:

„Ich habe gehört, das Bild sei eine Fälschung!"

Die Auktion ist unterbrochen, der Auktionator verwirrt.

„Führen sie den Mann aus dem Auktionssaal!"

„Sehen sie, ich hatte Recht."

„Warten sie. Was macht sie so sicher?"

„Ich bin Sachverständiger, Hans Moser", niemand lacht.

„Wir haben das Bild vor der Auktion untersuchen lassen. Aber gerne führen wir eine zweite Untersuchung durch. Wenn nur der kleinste Verdacht besteht, nehmen wir das Bild selbstverständlich zurück."

Das Mistrauen ist gesät, das Bild wird aus der Auktion genommen, der Preis geht nicht in die gewünschte Höhe. Mein Helfer erhält seinen Lohn, 200 €. Für ihn ist das viel.

Danach erhält Oleg Lawroff, einer meiner russischen ,Freunde', die Information über diese Preismanipulation. Nach zwei Wochen geht das Bild auf einer erneuten Auktion für gerade einmal 150 000 € nach Russland. Inzwischen haben wir erfahren, dass das Bild bei der ,Omega' zum Zeitwert versichert wurde, wir wollen den Preis nach oben treiben, damit die Omega im Versicherungsfall bluten muss.

Pressekonferenz, ich trage vor:

„Sie haben von der Auktion in Düsseldorf gehört, die durch einen Zwischenruf gestört wurde. Offensichtlich wollte jemand Zweifel an dem Bild wecken, um den Preis nach unten zu drücken. Nun ging das Bild für nur 150 000 € in neue Hände. Wenn sie meine Meinung wissen wollen, es ist mindestens das Fünffache wert. Ich schlage ihnen vor, das Bild durch einen Sachverständigen begutachten zu lassen, wenn der neue Eigentümer einwilligt. Allerdings wohnt der in Moskau. Und er gilt nicht als sehr pressefreundlich. Aber es würde mich nicht wundern, wenn ein Gutachten zu einem noch höheren Wert käme."

Am schönsten wäre es, das Bild würde nun gestohlen. Aber das wäre illegal, so etwas würde ich niemals tun, niemals. Schade, denn in diesem Fall hätte auch die Omega ihren Schaden. Doch die Berichterstattung über diesen Fall hatte Erfolg. Lawroff ließ das Gemälde begutachten, der russische Gutachter nannte als Wert eine Million Euro, und Lawroff verkaufte es zu diesem Preis an ein französisches Museum. Das hatte zuvor ein Gutachten der noch neuen Firma Schneider in Münster eingeholt.

Ich stellte mir vor, welcher Ärger nun bei Gerber und Co herrschen würde. Der Verkauf des Bildes hatte nur die Hälfte des Einkaufspreises erbracht. Dazu war ihnen der geplante Gewinn entgangen. Das war überaus ärgerlich. Unserer Direktion melden wir nur, dass die Omega einen Warnschuss erhalten habe.

Dann kam der letzte Arbeitstag von Lissi. Wir hatten eine große Torte bestellt, einen billigen Sekt, und hatten alle in unserem Haus eingeladen, die mit Lissi in näherer Verbindung gestanden hatten. Es wurden einige traurige Reden gehalten, Lissi weinte einige Tränchen, die René zärtlich abwischte. Aber weil fast alle anwesenden Männer waren, dauerte die Trauerfeier nicht allzu lange. Lissi und René verabschiedeten sich und wir wandten uns dem Cognac zu. Es wurde noch eine schöne Feier, anfangs, an den späteren Teil kann ich mich nicht mehr erinnern. Nur Annika hatte am nächsten Tag ein wissendes Lächeln im Gesicht.

„Chef, ich habe nichts gesehen und nichts gehört."

Gut so.

Für meine kleine Abteilung beginnt nun ernstlich die Zeit ohne Lissi. Und sie beginnt sogleich mit einer Überraschung. Mein höchster Chef hatte mich zu sich rufen lassen und eröffnet mir, kaum dass ich Platz genommen habe:

„Bender, Sie sind meine letzte Hoffnung, aber auch mein bester Mann. Das Kunstmuseum ... in Berlin (Ich werde auch jetzt keinen Namen nennen.) hat alles bei uns versichert, und die bezahlen eine hohe Prämie. Die würden sie liebend gerne senken, denn sie halten sich für das sicherste Haus in unserer Republik. Nun hat mir der Direktor dieses Hauses eine Wette vorgeschlagen: Wenn es mir gelingt, innerhalb eines Jahres eines ihrer teuren Bilder zu stehlen, dann zahlt er mir eine Million, die er als Kosten einer Sicherheitsüberprüfung abbuchen kann. Wenn es uns aber nicht gelingt, dann senken wir die jährliche Versicherungsprämie um 5 Prozent. Die Situation war so, dass ich unmöglich ablehnen konnte. Und deshalb müssen wir seinem Museum nun ein Bild stehlen. Und wer bei uns könnte das außer Ihrem Team. Ich bitte Sie, Bender, stehlen Sie diesem Museum in den nächsten Monaten ein Bild, sonst sind wir blamiert. Das ist für eine Versicherung schlimmer als insolvent."

Was sollte ich sagen? Hier wurde ich ganz offiziell um einen Diebstahl gebeten. Rechtlich war es keiner, war es eine Sicherheitsüberprüfung. Aber das durfte keine Rolle spielen. Ich muss es gestehen, es schmeichelte mir sehr, dass man meinem Team zutraute, diese Aufgabe zu lösen. Aber ich kannte das Museum, es würde bitter schwer werden. Dennoch sagte ich zu.

Zurück in meinen Arbeitsräumen, bestellte ich gleich meine Mitarbeiter zu mir und eröffnete ihnen:

„Leute, wir sollen ein Bild stehlen. Doch dieses Mal nicht einem reichen Russen, sondern dem Kunstmuseum .... Und ihr wisst, dass es das am besten gesicherte Museum der Republik ist. Und ich habe unserem obersten Chef zugesagt, dass wir das tun."

„Und wie stellst du dir das vor?"

„Wir selbst können nichts aus diesem Museum stehlen, das Museumspersonal muss uns die Ware eigenhändig heraustragen. Doch zuerst einmal: Was sollen wir stehlen?"

Die Debatte wogte lange hin und her, dann einigten wir uns auf ein Bild von Gerhard Richter, nicht gerade eines seiner Großformate, aber das Bild wäre schon eine Herausforderung. Fred besorgte uns schnellstens eine Kopie dieses Bildes aus dem Internet, und dann ging es an die Planung der Einzelheiten. Wir müssten die Abläufe im Museum bis aufs Kleinste studieren, ein Lieferauto kaufen und umrüsten, einige Helfer einstellen, und vor allem, wir brauchten zwei erstklassige Kopien dieses Bildes, wie sie nur mein Freund Hasler herstellen konnte. Und der hatte seinen Preis. Nach drei Tagen stand der Plan, und dann ging es an die Durchführung. Nein, ich erzähle jetzt nicht alle Details, das langweilt die Leser, ich erzähle nur, wie es gelungen ist, das Bild zu stehlen.

Zuerst stellte Hasler zwei wunderschöne Kopien des Bildes her, die sich von dem Original nur in einer winzigen Kleinigkeit unterschieden: In der rechten unteren Ecke konnte man bei beiden, wenn man hinsah, das Bild eines Bobbycar sehen. Wer nicht genau hinsah, dem verlor sich das Bild des roten Bobby-Cars in den vielen umgebenden Rottönen. Eine dieser Kopien war auf einer adhäsiven Schicht gemalt, die man auf einem Bild anbringen und von ihm wieder entfernen konnte, ohne das Bild selbst zu verletzen. Die zweite Kopie erhielt einen ebensolchen Rahmen, wie er das Bild im Museum einfasste. Wir arbeiteten sehr sorgfältig, denn dieses Bild sollte einmal von der Polizei untersucht werden. Nur ein Fingerabdruck darauf wäre eine Katastrophe.

Dann kauften wir einen Lieferwagen des gleichen Typs, wie sie die Polizei in Berlin benutzte, und nach einer Woche Arbeit sah er auch genau wie ein Polizeiauto aus, einschließlich des passenden Nummernschildes.

Nun kam das Schwerste: Wir mussten vier Männer gewinnen, die die Arbeit für uns durchführen sollten, und die wir deshalb trainieren mussten. Die entsprechenden Männer fanden wir bald in unserer Versicherungsgesellschaft, aber das Einüben machte dann doch einige Mühe. Irgendeiner verpasste immer irgendeinen Einsatz und alles geriet aus den Fugen. Es war eine harte Übung, doch von ihr hing alles ab. Zuletzt heuerte ich Lissi an, nach Berlin zu kommen und mir bei diesem Auftrag zu helfen. Wir wurden uns über das Honorar schnell einig.

Dann, nach über drei Monaten war alles bereit. Ich fuhr mit Lissi ins Kunstmuseum, unter meiner Jacke die Folie mit der Kopie. Wir standen vor dem Richter. Das Bild war wunderschön. Dann ging Lissi in den Nebenraum und brach zusammen. Sie fasste sich ans Herz und stöhnte, dass es einen Stein erweicht hätte. Sofort waren die Wärter bei ihr und versuchten ihr zu helfen. Außer Lissi schienen sie nichts mehr zu sehen. Auch die Wärter waren nur Männer. Das gab mir die wenigen Sekunden, die ich brauchte, um das Original mit der Kopie zu überziehen. Dann eilte ich zu Lissi, sie atmete schon wieder ruhiger, ich gab ihr einen Spray aus meiner Manteltasche, der sie schnell wieder zu Kräften kommen ließ. Keiner wusste, dass ich ihr reines Wasser in den Mund sprühte. Sie stand auf, bedankte sich, und wir beide verließen das Museum, sie begleitet von mitfühlenden, ich von neidischen Blicken.

„Das wäre geschehen."

„Danke Lissi. Das war wie in den alten Zeiten."

Ihr Auftritt war damit im Grunde schon beendet, aber sie genoss es, danach noch mit unserem Team zusammen zu sitzen und von alten und neuen Zeiten zu reden.

Nach zwei Tagen, und in der Zwischenzeit war nichts geschehen, rief ich den Museumsdirektor anonym an und fragte ihn, ob Richter immer ein Bobby-Car auf seine Bilder gemalt habe, wie bei dem kleinen Bild. Er rannte zu dem Bild, und da hing es, in der rechten unteren Ecke prangte das Bild eines Bobby-Car. Offensichtlich hatte jemand es gegen das Original ausgetauscht. Nun war im Museum und bei der Polizei der Stadt der Teufel los. Wie hatte jemand in diesem hochbewachten Museum ein Bild gegen eine Kopie austauschen können?

Die nächsten Schritte tat Annika. Sie hatte sich mit einem Polizisten der Diebstahlsabteilung angefreundet, und nun erstatte sie uns jeden Tag Bericht darüber, was die Polizei herausgefunden und was sie vorhatte. Schon einen Tag nach meinem Telefonat sollte die Fälschung ins Polizeirevier gebracht und dort nach allen Regeln der Kunst untersucht werden. Das war unsere Stunde.

Annika beobachtete im Museum, ich vor dem Museum, was nun geschah. Das Bild wurde in eine der üblichen Transportkisten gepackt. Zur gleichen Zeit brachten zwei meiner Männer unsere Kopie in genauso einer Transportkiste ins Museum. Dann fuhr die Polizei vor, und meine beiden Helfer brachten die Kiste mit unserer Kopie wieder aus dem Museum heraus zum Polizeiauto. Auch im Museum hatte sich eine Transportkiste auf den Weg begeben, aber der wurde von einer jungen Frau blockiert, die ungeschickt gegen die Kiste lief und einen ganzen Aktenstapel fallen ließ. Die Männer setzten die Kiste ab und warteten, bis die junge Frau unter vielen Entschuldigungen ihre Akten wieder zusammengeklaubt hatte. Als die Kiste schließlich vor dem Museum ankam, war der Transporter mit unserer Kopie längst abgefahren, vor dem Eingang hielt ein anderer Polizeiwagen. Die beiden Beamten nahmen die Bilderkiste höflich in Empfang, bestanden darauf, diesen Empfang auch ordentlich zu quittieren, ehe sie losfuhren. Sie erreichten nie das Polizeirevier, sondern ihre Fahrt endete im Hof unserer Versicherungsgesellschaft, von wo die Kiste samt Bild in unserem Keller verschwand. Ebenso schnell verschwand auch alles an dem Auto, was auch nur im leisesten an ein Polizeifahrzeug hätte erinnern können. Unsere Aufgabe war gelöst. Dennoch wollte ich das Bild nicht zu schnell an das Museum zurückgeben. Noch lieferte Annika uns täglich die Berichte ihres Polizeifreundes, und so konnten wir einmal aus der Nähe beobachten, wie die Polizei in einem solchen Fall vorgeht.

„Also, zuerst haben sie das Bild auf Fingerabdrücke und DNA-Spuren untersucht. Vergeblich. Dann aber haben sie eine neue Art der Oberflächenuntersuchung angewandt. Mein Freund wusste auch nicht genau, wie die funktioniert, aber die scheint etwas erbracht zu haben. Die Fachleute waren sich schnell einig, dass die Kopie sehr sorgfältig in dem Rahmen angebracht worden sei. Das schließe ein schnelles Auswechseln der Bilder aus. Aber dadurch wurde das Rätsel nur noch größer. War es den Dieben wirklich gelungen, ein ganzes Bild mit Rahmen zuerst ins Museum und dann wieder aus dem Museum heraus zu schleusen? Das schien schon an Magie zu grenzen.

Die Angestellten wurden wieder und wieder befragt. Sie erinnerten sich an die junge Frau, die zusammengebrochen war, aber ihr Begleiter hatte sich sofort um sie gekümmert. Der hätte auf keinen Fall ein Bild herein- oder herausbringen können. An die junge

Angestellte, die beim Bildertransport ihre Akten verloren hatte, erinnerten sie sich nicht. Das war lange nach dem Diebstahl des Bildes, auch nicht daran, dass zwei Polizeiautos nacheinander vor dem Museum gehalten hatten. Schließlich meldete sich der Direktor meiner Versicherung bei seinem Museumskollegen. Für ein Lösegeld von einer Million Euro wurde das Bild von Richter wieder zurückgegeben. Auf eine Anzeige wurde verzichtet.

„Sagen Sie einmal, Herr Kollege, wie haben Ihre Leute das geschafft?"

„Wenn ich das selbst wüsste. Aber ich kennen nur die Spesenabrechnung. Allzu viel bleibt von der Million da nicht mehr übrig."

„Aber ich sehe ein, an eine Prämienreduzierung ist derzeit nicht zu denken."

„Aber auch ein Lösegeld für das Bild müsste meine Versicherung bezahlen. Bleiben wir doch bei der alten Lösung, dass wir alles als Sicherheitsüberprüfung deklarieren."

„Gerne. Dürfte ich dann um einige Unterlagen bitten, die ich meiner Finanzaufsicht vorlegen kann?"

Und so kam es, dass ein ominöser Autokauf, die Anstellung von acht zusätzlichen Mitarbeitern, das Honorar für eine Detektei in Münster und Sonderprämien für einige Mitarbeiter den Weg in die Abrechnung des Museums fanden. Dort im Jahresbericht konnten wir dann schwarz auf weiß nachlesen, wie wertvoll unsere Arbeit war. Es soll aber nicht verschwiegen werden: Dieses Mal ließ sich die Leitung meiner Versicherung nicht lumpen. Vor allem bekamen wir einen weiteren Mitarbeiter und ich erhielt den wohlklingenden Titel eines Abteilungsdirektors. Aber ehrlich: Commander klingt besser.